ダッシュエックス文庫

影使いの最強暗殺者2
～勇者パーティを追放されたあと、人里離れた森で魔物狩りしてたら、なぜか村人達の守り神になっていた～

茨木野

2021年5月30日　第1刷発行

★定価はカバーに表示してあります

発行者　北畠輝幸
発行所　株式会社　集英社
〒101-8050　東京都千代田区一ツ橋2-5-10
03(3230)6229(編集)
03(3230)6393(販売/書店専用)03(3230)6080(読者係)
印刷所　株式会社美松堂/中央精版印刷株式会社
編集協力/後藤陶子

ISBN978-4-08-631411-4 C0193

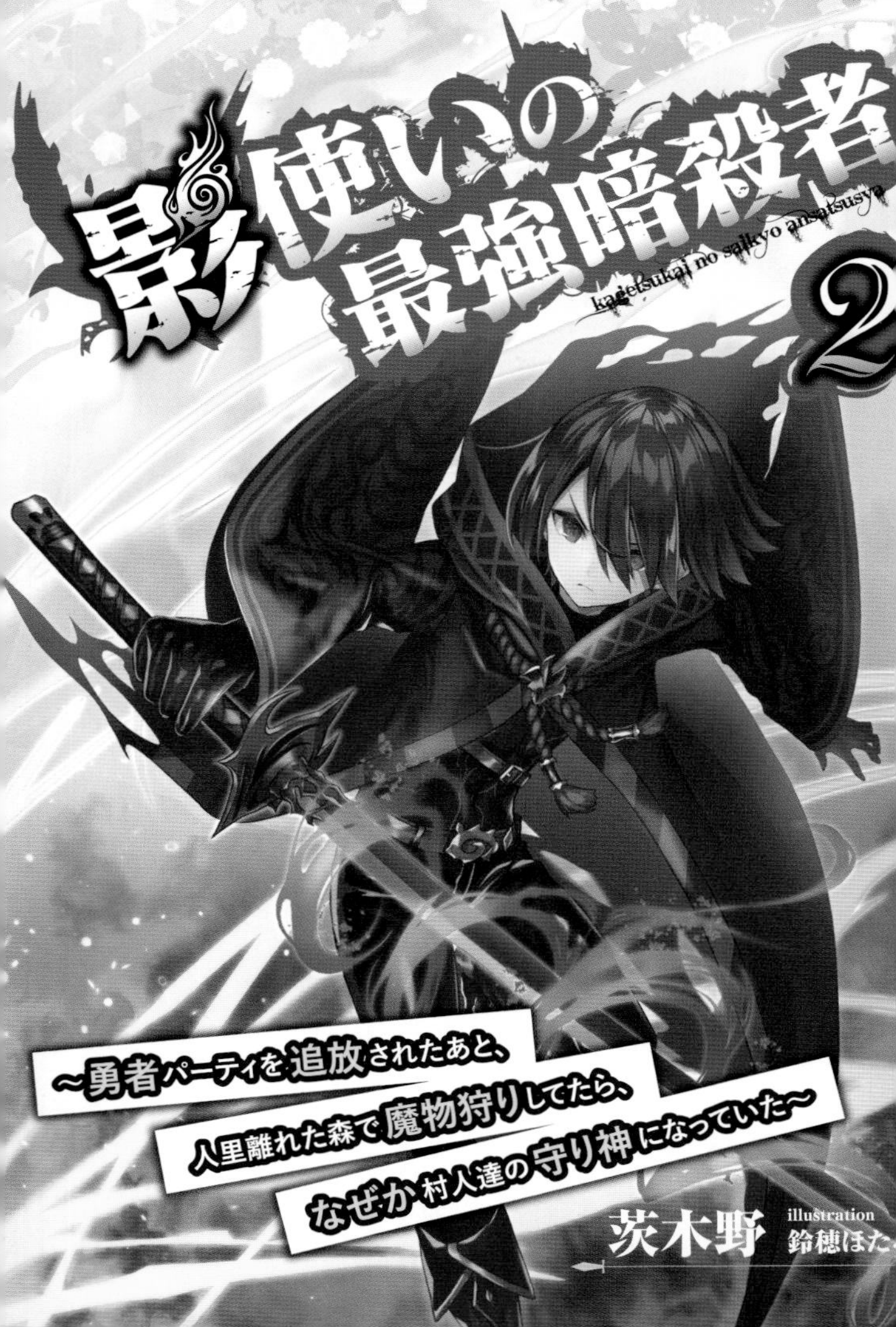

影使いの最強暗殺者
kagetsukai no saikyo ansatsusya
2
～勇者パーティを追放されたあと、
人里離れた森で魔物狩りしてたら、
なぜか村人達の守り神になっていた～
茨木野
illustration
鈴穂ほたる

Contents

影使いの最強暗殺者 2
kagetsukai no saikyo ansatsusya
～勇者パーティを追放されたあと、
人里離れた森で魔物狩りしてたら、
なぜか村人達の守り神になっていた～
茨木野
illustration
鈴穂ほた

Contents

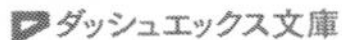

影使いの最強暗殺者2
~勇者パーティを追放されたあと、人里離れた森で魔物狩りしてたら、
なぜか村人達の守り神になっていた~

茨木野

序章

俺は何度も、同じ悪夢を見る。
……俺が一人で、魔王軍を壊滅させた、あの日の夢だ。
奈落の森（アビス・ウッド）の外れにある社（やしろ）。
『グロラァアアアアアアアアア！』
眼前にいるのは、異形（いぎょう）化した勇者ビズリー。
金髪の美丈夫（びじょうふ）だった彼が、魔の者たちの手により、魔族となった。
一時とはいえ、ともに旅した仲間の彼を……俺は殺すことができなかった。
一瞬の隙（すき）を衝（つ）いて、異形のビズリーが俺に攻撃をしかけてくる。
『危ない！』
動けずにいた俺の前に、庇（かば）うようにして立ったのは、最愛の女性エステル。
ビズリーの攻撃がエステルの腹部を貫く。
大切な人を傷つけたビズリーを許せず……俺は我を忘れてビズリーを切り刻んだ。
瀕死（ひんし）の状態になったヤツは、俺から逃げていく。
残された俺は、ケガをして倒れているエステルに駆け寄る。

腹部からの出血も酷いが、彼女の体は、呪いの毒を受けてしまったのだ。

俺は彼女を抱き寄せる。……ここまでは事実だ。

『エステル！　エステル！　エステル！』

腕の中で、彼女は完全に事切れていた。

『起きてくれよエステル！　やっと……やっと生きる意味がわかったんだ！』

いつも温かな彼女の体が、まるで氷像のようだ。

――貴様のせいだ。

俺の体の中から、獣のようなうなり声がする。

――勇者を殺すのをためらったから、大事な人が死ぬのだ。

気づけば俺は、一匹の黒い獣となっていた。

――殺せ。殺せ。全てを。邪魔者を。怒りに、衝動に任せ、邪魔者を全て食らえ。

――貴様が殺さなければ。

――再び大切な人を、永遠に失ってしまうぞ。


「あぁあああああああ!!!」

気づけば俺は獣のような声を上げていた。現実と夢の境界が曖昧だ。

胸の内には愛しい女性を失った悲しみと、彼女を殺したあいつへの憎しみが暴れ回っている。

「ひかげくんっ」

誰かが、俺を背後から優しく抱きしめてくれた。

それは春の日差しのような温かさ。花のような甘い匂いと、母に抱かれているような安心感。

振り返ると、そこにいるのは、金髪の美少女だ。

ぱっちりした瞳、口元のほくろ、そして……その優しい笑み。

安堵と共に、俺は彼女の体を強く強く抱きしめる。

「エステル……生きてる……生きてる……？」

「うん、いるよ。ひかげくん。君のエステルは、ちゃんとここに」

しばし、俺は彼女の腕の中で震えていた。

甘い肌の匂いに、柔らかな乳房の感触。

五感から伝わる情報が、エステルは生きているんだと教えてくれる。

「……ごめん。痛かったよな」

思ったよりきつめに抱きしめていたと思う。正直痛かっただろう。

「んーん！　全然！　ひかげくんは甘えん坊さんですなぁ～」

彼女は嫌な顔一つせず、笑顔を向けてくれた。

「……また、やっちまった。ごめん」

初夏に魔王を倒してから、今は秋。

かなり時間が経っているというのに、俺は毎晩同じ悪夢を見る。

最愛の人を失う夢を見て、飛び起きて……彼女が優しく抱きしめてくれる。

俺は彼女に何度も救われている。もし彼女がいなかったらと思うと……。

──大切な人を、永遠に失ってしまうぞ。

夢の中で聞こえてきた声は、果たして俺の中で飼っている黒獣(こくじゅう)の声なのだろうか。

「ひーかげくん」

彼女は俺の頬(ほお)を手で包み、唇を重ねてくる。

「怖い顔はいけないよ。せっかく可愛(かわい)い顔してるんだからさ。ほら、スマイルスマイル」

エステルが自然に笑顔を浮かべる一方で、俺は笑えなかった。

「……ごめん」

魔王を倒し、全てを終えて帰ってきたとき、俺は確かに笑った。

けれど数ヶ月経った今、俺はまた笑えなくなっていた。

繰り返し見る悪夢は、俺が抱えている不安の象徴だと思う。

大切な人を失う悪夢が、頭の中にこびりついて離れない。

「魔王を倒しました、めでたしめでたし、とは、なかなかいかないもんだね」

「……ほんと、その通りだよな」

魔王を倒して物語は終わっても、現実は続いていく。

俺は、生きている。魔王がいなくなった世界で、大切な人たちを、たったひとりで守らねばならないという……現実の重みに耐えながら。

一章　暗殺者、再び戦いに身を投じる

秋も深まってきた、ある日のこと。

奈落の森（アビス・ウッド）の中にある、古びた社（やしろ）の中にて。

「９９７……９９８……９９９……」

俺は上半身裸となって、筋力トレーニング中だった。

片手で逆立ちし、そのまま腕立て伏せをする。

「１０００……」

手を換えて、また腕立て伏せを開始しようとしたそのときだ。

「はぁ……はぁ……♡　ご主人さまぁ～……♡」

俺の影から、にゅっ、と美女が顔を出す。

「いつ見てもうっとりする、見事な体つきですね……♡　その鍛え上げた筋肉で関節技を極（き）めていただければさぞ気持ちよいことでしょう……♡」

「……バカなこと言うな、ヴァイパー」

このダークエルフの美女は、かつて魔王軍最高幹部だった。

しかし今は訳あって俺の配下となっている。

トレーニングをやめて、手で印を組む。

俺の足下にあった影が、まるで生き物のように蠕動し、俺の体にまとわりつく。

それは衣服へと変化し、普段着の格好へとなった。

「いつ見ても、ご主人さまの【影呪法】は凄まじいですね。影の形だけではなく、質感までも自在なんて」

異能・影呪法。

火影と呼ばれる暗殺集団（古くは忍者と呼ばれていた）が代々受け継いできた秘法だ。

影の形を変え、手足のように動かすことのできる術である。

「……それより、おまえが出てきたってことは、森に侵入者でも来たか？」

「ご明察です。さすがご主人さま。魔王軍の残党のようです」

「……またか」

魔王を倒したのが今年の夏頃。

それから数ヶ月たった今も、魔王軍の生き残りが奈落の森にやってくるのだ。

「狙いはいつも通り羊頭悪魔神を倒したご主人さまへの復讐かと」

バフォメット。

それが魔王の個体としての名前らしい。

「……まあいい。ヴァイパー。場所を教えてくれ」

俺は自分の影に手を置いて、影呪法・影転移を発動させる。

呪法には現在十二の型がある。そのひとつ、影から影へと一瞬で跳ぶのがこの技だ。

ヴァイパーの示した座標へと転移すると、身の丈の倍ほどある、巨大なネズミがいた。

『でたな、【黒獣】！』

ネズミは俺を見るなり、そう呼んだ。

黒獣。俺の通り名だ。

『よくも我が王と祖国を潰してくれたなぁ！』

魔族の国へ単身乗り込み、魔王とその国まるごとを、俺の力で食らった経緯がある。

だから、魔族に恨みを買っているのだ。

「……正当防衛だ。先にこちらに攻めてきたのは魔王軍だろうが」

俺はネズミと会話しながら印を組み、仕込みをしておく。

「……ミファは、静かに暮らしたいだけだ。彼女を私利私欲で奪おうとしたおまえらが悪い」

『黙れ！　魔王様のカタキだ！　死ねぇい！』

ぼとり、と音を立てて、ネズミの頭が落ちる。

『なぁ⁉　ど、どうなっている⁉』

切断されたネズミの口から、驚愕の声が上がる。

ネズミの背後に、もう一人の【俺】がいる。

「……【影繰り（かげく）】だ」

影で作った分身体を、遠隔（えんかく）で動かす技。俺は会話することで敵の注意をひきつけて、背後に分身を出現させ、一撃で倒した。

『貴様ぁ……！　勇者のくせに卑怯（ひきょう）だぞぉ！』

ネズミの言葉に、思わず顔をしかめてしまう。

勇者。その単語は、俺を不快にさせる。

「……勝負に卑怯もへったくれもあるか。それに、俺は暗殺者だ。勇者じゃない」

印を組み、影で槍を無数に作って、ネズミの頭を串刺しにする。

織影（おりかげ）。影の形を変える、影呪法の基本の技だ。

「さすがです、ご主人さま。上級魔族をこうも容易（たやす）く倒してしまうとは」

影からヴァイパーが出てきて、拍手してくる。

「……なんだよ、上級魔族って」

「魔族には序列が存在します。上級魔族は上位一割ほどしかいない強者（つわもの）のグループです」

「……こんなに弱いのに？」

「あなた様が、お強すぎるだけでございます」

魔王、そして魔王の右腕・剣鬼（けんき）を食らったことで、俺はさらに強くなっている、らしい。

「……雑魚（ざこ）としか最近戦ってないから、強くなった実感がないな」

「で、ではこの力をもってわたくしを折檻（せっかん）するというのはどうでしょう!?」

「…………」

無言で印を組み、ヴァイパーを影の下に沈める。

『ああひどい！　ご主人様のいけず！　いいぞもっとやって！』

影の中からヴァイパーの声が響く。

通常の式神は自我を持たないが、大賢者の職業を持つ関係で彼女は明確な自我を持つ。

『ご主人さま！　この卑しい豚めをその可憐なお口でののしってハリー！』

「……少し黙れ、きめえんだよ」

『ぶひぃいいいいい！　ありがとうございましゅぅううう！』

「……しゃべらなきゃ有能キャラなんだよな、おまえ」

変態大賢者を黙らせた後、俺はため息をつく。

「……勇者、か」

『魔族側では、ご主人さまを勇者と思われているようですね。魔王を倒したから致し方ないのかもしれませんが』

「……即時誤解を解いてもらいたいもんだ」

勇者とは良い思い出がない。

パーティから追放しただけでなく、俺の大事な人を傷つけたクソ野郎だからだ。

『ご主人さま』

「……なんだ？」

『どうか怒りを収めてください。森の動物たちが怯えております』

バサササッ！　と音を立てて大量の鳥が逃げていく。熊や鹿など、罪のない動物たちが、俺から距離を取るのが、影を通じてわかった。

『ご主人さまは魔王を食らったことで、ワンランク上の強者となったのです。その怒りの気配だけで肉食の獣を退けるほど』

「……すまん。手加減するよう気をつける」

『ちなみにわたくしを叱りつけるときは手加減無用！　存分にののしってくださいまし！』

「……うるせえ黙ってろ豚女」

『ぶひぃいいいいいいいい！』

この女はかなり性癖が歪んでおり、罵倒されるのがご褒美なのだそうだ。変態だ。

……まあ、何はともあれ、力の制御には気をつけないとな。

仕事を終えた俺は、転移して、社へと戻ってくる。

「お帰りなさいませ、ヒカゲ様！」

小柄で長い耳の美少女が、俺を笑顔で出迎えてくれた。

「……ただいま、ミファ」

奈落の森に住まう、訳ありの美少女のひとり。

ここよりほど近い場所に生える聖なる【神樹】の加護を受ける巫女だ。

「ご飯もってまいりました！」

「……ありがとう。エステルは？」

彼女はぷくっ、と頬を膨らませる。

「姉さまじゃないと、お嫌ですか？」

「……あ、いやそういうわけじゃないけどさ」

「では良いではないですか！　さぁ一緒にご飯を食べましょう！」

そのときだった。

「「ちょっとまったー！」」

扉が開いて、美少女たちが流れ込んできた。

「はぁい防人さま」「防人さまこんちはー！」「今日も可愛いわね坊や♡」

こいつらは、奈落の森にある村に住む女たちだ。

防人とは俺のことで、彼女たちの村の守り神的な存在と認知されている次第。

「SDC会員のくせに、ミファ様、抜け駆けはNGですよ！」

【防人・大好き・クラブ】の略称で、俺のファンクラブらしい……。

いつ聞いても頭の悪そうな名前のクラブだな……。

「ぼくだって防人様にあーんしたいのに！」

「わたしだって防人様にほっぺにご飯粒がついてるってどさくさに紛れてちゅーしたいのにっ」

「アタシだって防人様の童貞を美味しくいただきたいのに」

おい、誰だ？　最後に変なこと言ったヤツは⁉

……とまあ、なぜか知らんが、俺は村人たちからめちゃくちゃ好かれているのだ。

「わ、わたしだって美味しくいただきたいんですっ」

ミファが顔を赤らめアホなことを言っている。

やかましくケンカしている彼女たちに、気づかれないように、外へと転移した。

「……やれやれだ」

社の屋根の上に座り、俺はミファが持ってきた弁当を食べる。

『ご主人さまのおかげで、みな平和に過ごせております。この強力な魔獣ひしめく森の中で、凄いことです』

元々奈落の森は強力なモンスターの巣窟であり、人外魔境とまで呼ばれる土地だった。

俺が守り神として働いていることにより、魔物の数は激減し、森の安全は保たれている。

「……この平和が、いつまでも続いてくれると良いんだがな」

俺の愛するエステル、守るべき存在であるミファ、そして村人たち。

彼女たちが平穏無事に笑っていられる。それが俺の唯一の望みだ。

『しかしご主人さま、平和とはいつだって、薄氷のように脆いものでございます』

長い年月、血で血を洗う争いの日々を過ごしてきたから出た言葉だろう。

そこには重みと、そして確信めいたものがあった。

「……わかっているさ。またすぐ次の厄災がくることくらい」

☆

ヒカゲが屋根の上で食事する姿を、見つめる人物がいた。

「なるほど、あれがウワサのひかげ君ですね」

彼は奈落の森の遙か彼方から、ヒカゲを見ていた。

空の上に平然と浮いている。

手のひらに、白いネズミを乗せ微笑んでいた。

『きししっ、【シュナイダー】様ぁ☆　ごきげんよぉ～☆』

背後に、一羽の不死鳥が現れる。

「おや、ドランクス君ではありませんか」

魔王四天王の一人、ドランクス。

前回の魔王軍とヒカゲとの戦いにおいて、唯一直接対決しなかった魔族だ。

……四天王ともあろう者が、〝様〟とつける相手。

シュナイダーと呼ばれた男は、狐のように細い目、真っ白な肌に白スーツが特徴的だ。

『どうですぅ？　ひかげ君は？』

「見事ですね。あの若さの人間で、上級魔族すら瞬殺してしまう強さ。私が求めていた人材やもしれません」

シュナイダーが抱いているのは、ヒカゲに対する敵意ではなく、興味だった。

「我らが同胞である羊頭悪魔神を屠った、影使いの最強暗殺者……なるほど、俄然興味がそそられますね」

満足げにうなずくシュナイダーに、ドランクスが問う。

『では、彼にするのですかぁ？』

「それを決めるのは早計ですね。彼の持つ才能の器の大きさをしっかりと測らないと」

シュナイダーは笑う。手のひらのネズミもまた、愉快そうに体を揺らす。

「とりあえず彼がどれだけやれるのか、試す必要がありますね。さぁ、おゆきなさい」

手のひらに乗っていたネズミを中空へと放り投げる。

ずぉおお……！　と音を立てながらネズミは無数に分裂。地面につくと、凄まじいスピードで駆け抜けていった。

『さぁさひかげ君。ぬるま湯な平穏はもうおしまい☆　始まるよぉ、楽しい楽しい実験がねぇ〜☆』

☆

ヒカゲがシュナイダーに目をつけられている、一方その頃。

あどけない一人の少女が、王都にある冒険者ギルドへと、足を運んでいた。

「あのー、すみません」

「ん？　なんだい、嬢ちゃん？」

入り口付近にいた冒険者の男が、彼女に気づく。

「ぼうけんしゃぎるど、というところは、ここであってまするか？」

ぴょこりと立ったアホ毛が可愛らしい少女だ。

「ああ、そうだよ。なんだ嬢ちゃん見ない顔だな。よそから来たのかい？」

「はいでございます！　自分、あにうえを探しにまいった次第！」

「人捜しか。なるほど冒険者の領分だな。依頼を出すなら、あそこの受付にいるお姉さんに話してごらん」

「これはかたじけない！　ご迷惑をおかけしました！」

ぺこりと頭を下げて、少女が受付へと向かう。

「あの！　すみませぬ！　人捜しの依頼をしたいのでございます！」

受付嬢が少女に、微笑ましい目を向ける。

「承知いたしました。それではいなくなった人の外見や、場所などを教えてください」

「はい！　自分の兄上、【焔群（ほむら）ヒカゲ】と申します！　故郷である極東（きょくとう）を出て数年くらい経（た）つのですが……行方（ゆくえ）知らずでして」

受付嬢が詳細を羊皮紙（ようひし）に記入する。

「焔群……もしかして、勇者パーティの暗殺者である、ヒカゲ様でしょうか？」

「！　知ってるのですかっ？」

「有名人ですよ。勇者ビズリー様のお仲間と聞きます」

「はえー……兄上いつの間に有名人に！　ならすぐ会えますかっ？」

受付嬢が首を振る。

「残念ですが、勇者パーティのみなさまの詳細はわかりません。先日魔王を倒して、パーティを解散なさったとうかがっています」

「ななな！　なんと魔王を倒したのですかー！　す、すごい……兄上さすがですー！」

世間的には、ヒカゲなんてそれこそ、仲間の一人くらいの認知度しかない。

英雄王が、世の中に流す情報に少し手を加えて、ヒカゲが倒したことにしていないのだ。

「そのお仲間の人なら、行方を知っていまするか？」

「そうですね、エリィ様でしたらあるいは。コンタクトを取ってみます」

少女は深々と頭を下げる。

「都会は親切な人がたくさんでございますー！」

「いえいえ。しばらく時間が掛かると思うので、宿で待っていてください」

「わかったでございます！　ありがとうでございまするー！」

ぺこりと頭を下げて、彼女が出ていこうとする。

「あ！　もし！　あなたのお名前を教えてください！」

少女は振り返って答える。

「ひなた！　焔群ひなたと申します、でございます！」

☆

ある日のことだ。

社でトレーニング中、俺の持っている通信用の魔道具に、連絡が入った。

『お久しぶりです、ヒカゲさん』

「……エリィか、久しぶりだな」

相手は勇者パーティの魔法使い、エリィ。かつての仲間だ。

「……元気か？」

『ええ、おかげさまで。魔王を倒したってことで、ちょっと忙しくしてましたけど』

先日、俺は黒獣となって魔王を討伐した。

だが目立ちたくなかった俺は、功績を勇者パーティに譲ったのだ。

「……面倒押しつけてすまんな」

『いえ、ヒカゲさんには大きな恩がありますので、これくらいじゃ返しきれないほどですよ』

ところで、とエリィが続ける。

『実はヒカゲさんにお客さんが来てるんです』

「……客？」

『ええ、妹さんを名乗る、ひなたさんって方なんですけど』

……ひなた。俺の妹の名前だ。どうして彼女が？

「……ああ、俺の妹だな。それは」

『そうなんですね。どうやらヒカゲさんに用事があるようなんです』

「……そうか。こっちから使いの者を出す」

『いえ、それには及びませぬぞ、兄上ー！』

　魔道具の向こうから、ひなたの元気な声がした。

「……ひさしぶりだな」

『はいー！　おひさしぶりぶりでありますなー！』

　相変わらず元気のありあまっている子だな。

「……用事ってなんだ？」

『できれば部外者の方には聞かれたくないので、直接兄上に話したく存じまする。エリィ殿に兄上の場所を聞いたので、数日中に向かいます！』

「……わかった。待ってる。お前のことだから大丈夫だと思うが、気をつけてな」

『お気遣いどうもでありますー！　ではでは！』

　通信が切れ、俺はため息をつく。

「ひーかげくん」

　俺の隣で手持ち無沙汰（ぶさた）にしていたエステルが、小首をかしげながら言う。

「誰と話してたの？」

「……妹だ。近いうちにこっちに来るってさ」

「ええっ？　妹さんいたのっ？　……って、わたし、ひかげくんの家族構成って聞いたことなかったかも」

「……聞いても、楽しくねえよ」

家族構成は、親父、お袋、俺、ひなた。

「……あとは血の繋がってない兄貴がいる。俺とひなたは妾の子だ」

「そういえばそうだったね。しかし、そっかぁー……妹ちゃんかぁ」

親父は、本当は兄貴……【グレン】に次期当主を継がせたかったらしい。

けれどグレンは俺の持つ【影呪法】を受け継ぐことができなかった。

だから俺にお鉢が回ってきたのだ。

「影呪法を継いでないと、当主になれないの？」

「……ああ。一子相伝の秘術でさ。当主になるのが絶対条件なんだよ」

とはいえ俺は当主になることを放棄して、極東を出た。

グレンが次期当主になっていると思う。

「お家騒動はどこでもあるのねー」

「……厄介この上ないよ。まったく」

数日が経って、ひなたが奈落の森を訪れた。

俺がエステルとともに、神社の入り口で到着を待っていると……。

「……おい、どうなっているんだ、ひなた」

「兄上？　どうなさったんですか？」

俺の妹、ひなたの隣には、見たくもないヤツの顔があった。

「……【そいつ】、どうしたんだよ？」

「途中の川で見かけたのでございます。兄上の名前をしきりに呼んでいたので、てっきりお知り合いかと」

ひなたが肩を貸していたのは……勇者ビズリーだった。

ずぶ濡れの体で、グッタリしている。

「うう……ひか、げ……」

ビズリーと目が合う。

その瞬間、頭の中が真っ白になった。

――腹部を貫かれて、けがを負ったエステル。

俺は影で刀を作り、彼に向かって近づく。

――勇者を殺すのをためらったから、大事な人が死ぬのだ。

――貴様が殺さなければ。

――再び大切な人を、永遠に失ってしまうぞ。

「ひかげくんっ、何してるのっ？」

エステルが、俺の手を握って引き留めた。

「……離してくれ。トドメを、刺す」

以前、魔族化して襲ってきたことがあった。

その時に、首を落として倒したはずだったんだが、どうやら生きてるらしい。

「駄目だよ、ひかげくんっ！」

「……なんでだよっ！」

知らず、俺は声を荒らげていた。

「こいつは！　エステルを殺しかけた！　憎むべき魔族だ！　殺して当然だ！」

びくんっ！　とひなたが萎縮する一方で、エステルは真剣な表情で首を振る。

「駄目よ」

「どうして⁉」

「ひかげ君に、人殺しをしてほしくないから」

すっ、とエステルがビズリーを指さす。

「見て、あんなに衰弱しているわ。殺すのは可哀想よ」

「でも……でも！　あいつは……！　エステルに酷いことをした相手だぞ⁉」

「そんなの、もう過ぎたことよ。体は治してもらったし」

エステルは俺の手を握って、祈るように言う。

「お願い、ひかげ君。怒りで刃を振るわないで。……君は、人殺しじゃないでしょう？」

ハッ、と俺は正気に戻る。

……俺の力は、悪をうつために、女神から授かったもの。決して、人殺しの道具じゃない。

……教えてくれたのは、他でもない、エステルじゃないか。

彼女は、俺に人殺しをさせないように、止めてくれたんだ。

自分が痛い思いをする元凶となった、相手だろうと……。俺を思って……。

「……ごめん」

影呪法を解いて、刃を消す。

「……ありがとう」

「ううん、こっちこそ。わたしのお願い聞いてくれて、ありがとう」

その間ずっと放置を食らっていたひなたが、恐る恐る聞いてくる。

「あのぉー……兄上？　自分は、この後どうすればぁ〜……？」

「……ああ、すまんな。とりあえず……村に運んでくれ。案内するよ」

☆

暗殺者ヒカゲが、ビズリーを保護した一方その頃。

白スーツの男シュナイダーは、とある場所を訪れていた。

それはこの大陸の遙(はる)か東にある、【極東】と呼ばれる自然豊かな島国。

一際(ひときわ)深い森の奥に、【火影の里】は存在した。

木造平屋の屋敷に、正面から堂々と侵入しようとする。

「なんだ貴様！」

見張りの忍者が、シュナイダーに気づき、武器を向ける。

「怪しいものではございません」

「ふざけるな！　ここは決して人が見つけられぬ隠れ里！　貴様……化生だな⁉」

忍者が集まり、シュナイダーに敵意を向ける。

一方で余裕の表情を崩さずに、シュナイダーが待っていると……。

「よしやがれ、てめえら」

「グレンさん……」

屋敷から現れたのは、大男だ。

その鋼の肉体は拳闘士を彷彿とさせ、切れ長の目は鷹を思わせた。

「やぁ、グレン君。久しぶりですね」

「ひさしぶりじゃねえか、シュナイダーさん。こっち来いよ、茶ぁ出すぜ」

グレンはシュナイダーを連れて、屋敷の奥へと向かう。

狭い和室に通され、二人は相対する。

「珍しいな、あんたがおれんとこ来るなんて」

「少し君に話をしたくてですね。……弟のひかげ君のことなんですが」

ビキッ……！　とグレンは額に血管を浮かばせる。

「ほう……」

突如として、彼の体から、膨大な呪力（魔力ともいう）があふれ出す。

「てめえよぉ……その名前はおれにとって地雷だぜぇ」

「おやおや、そうだったのですか。いやぁ知りませんでしたねぇ」

激しい怒りが荒れ狂う呪力として体外に放出される。

配下たちがおびえ、距離を取る一方で、シュナイダーは余裕の笑みを崩さない。

「ひかげ君をずいぶんと毛嫌いしてるのですね。何か理由でも？」

「おれに、それを聞くんじゃあねええ！」

グレンは手で印を組む。

その瞬間、天井から無数の針が降り注いだ。

よく見るとそれは、練り固めた【泥】であることがわかった。

『これがグレン君の【土水呪法】ですか。土と水の二重属性、素晴らしい暗殺術ですね』

「チッ……生きてるんだな、あんた」

目の前にシュナイダーの姿はなく、天井を見上げると、白いネズミが梁の上に立っていた。

『泥を自在に操るこれは、攻撃・防御・暗殺と幅広い活用方法があります。なのに当主になれない。不思議なこともあるものです』

「ああ、そうだよ。ムカつくことに、親父殿は影呪法を使うヒカゲのほうがいいんだと。ケッ……！　くだらねえ」

焔群一子相伝の影呪法。それを持って生まれなかった時点で、グレンに継承権はない。

自分より年下で、体格も劣るヒカゲが里を継ぐことを、グレンは納得していなかった。

『朗報ですよ、グレン君。ひかげ君の居場所がわかりました』

「……ほう」

グレンはシュナイダーの言葉に興味を示す。

「確かあいつは、魔王を倒したんだってな」

『ええ。勇者としての使命を終えたので、殺してしまっても構わないかと』

「しかしやつの影呪法はなかなかに強力だぜ？」

『ええ。ですが、勝つ方法がひとつだけ、存在します』

「……なんだ、教えてくれよシュナイダーさんよ」

『邪血（じゃけつ）を、ご存じでしょうか、グレン君？』

ネズミは、にぃ……と口の端をつり上げ、不敵な笑みを浮かべたのだった。


さて、シュナイダーは極東での仕事を終えた後、次なる場所へと向かう。

そこは、遙か天上に浮かぶ、不思議な島だった。

見事な空中庭園の奥には、白亜（はくあ）の城がある。

豪奢（ごうしゃ）な絨毯（じゅうたん）の敷かれた廊下（ろうか）を抜けると、また高価な調度品（ちょうどひん）が置かれた、会議室があった。

巨大な円卓、そこに【十二】の椅子（いす）がある。

「おっそいわよ、ネズミ！　いつまで待たせるのよ！」

椅子の一つに座っていたのは、うさ耳を生やした少女。

「まあまあ落ち着くんだなぁ～」

彼女をなだめているのは、巨人の女だ。乳牛を想起させる大きな乳房が特徴的である。

「申し訳ございません、魔神の皆様方」

シュナイダーが慇懃(いんぎん)に頭を下げる。

十二柱の人外の化け物たちは、皆、【魔神】とよばれる超越者たちだ。

彼らはどこか動物のようなフォルムを残している。

鼠牛虎兎竜蛇馬羊猿鶏犬猪(ねうしとらうたつみうまひつじさるとりいぬい)。

極東では【十二支】と呼ばれる、神聖なる獣たちだ。

十二の席はしかし、一つだけ空席となっている。

「羊頭悪魔神(バフォメット)に続いててめーまでおっ死んじまったかと思ったぜ、キキ！」

「これはご心配をおかけしました。ですがこの通り、ピンピンしております」

そう、かつてヒカゲが倒した魔王もまた、魔神の一柱だったのだ。

「して、わしらをなぜ集めたのだ、ネズミよ」

「先日、魔王が倒されたことについてです」

だが誰もがその瞬間、興味を失う。

「べつに、どーでもいいだろ」

「同意。人間がどうなろうと魔族がどうなろうと、あたしたちに全く関係ないでしょ？」

「人間どもの支配に執心しておったのは、羊頭悪魔神(バフォメット)だけじゃったのぅ」

魔神たちは魔王と違い、人間の世界などどうでも良い様子だった。

魔王と同格の十二柱が力を合わせれば世界はとっくに魔の者の手に落ちていただろうから。

「あいつ負けるとか、おれらの中で最弱とはいえ魔神だろ？　どうやって死んだんだ？」

「そのことで一つ、新情報を持ってまいりました。人間が、倒したそうです」

へぇー……とまるで興味なさそうに、九柱の魔神がつぶやく。

「ほう！　人間！　シュナイダー！　おまえ今、人間が倒した、といったのかー!?」

残る一柱が、興味を示す。シュナイダーは微笑み（ほほえ）みをたたえたまま、彼女を見やる。

「ええ、そうですよ、竜魔神ベルナージュ」

ベルナージュと呼ばれた彼女は、一見するとただの小娘に見える。

だが彼女に孕（はら）む圧倒的までの魔力量は、この場にいる魔神たちの全員を足してもなお足りない。

「おお！　人間！　神殺しの人間！　たぎる……血がたぎるのだ！」

たんっ！　とベルナージュは飛び上がって、円卓の上に立つ。

「是非（ぜひ）一度、拳を合わせてみたいのだっ」

「まーた始まったよ、バトルマニアが」

やれやれ、と魔神たちが首を振る。

「おいおまえら！　その人間はワタシが手合わせする！　邪魔するなよ！」

「んなもんしねーって。物好きだなぁベルナージュは。人間なんてどーでもいいだろ？」

「よくなぁい！　非力な人間の身で、神を殺したのだ？　凄いことなのだ！　どんな技を使うのか、何を積み上げて神殺しへと至ったのか、興味あるだろう、そうだろう⁉」

誰も、ベルナージュに賛同するものはいなかった。

「おいシュナイダー！　おまえ、神殺しの名前をなんという！」

「ひかげ君です。焔群ヒカゲ君」

「おーし！　そいつとちょっと戦ってくるー‼」

飛び上がって、ベルナージュは天井を破壊する。

「というか居場所聞いてないのに、どうやって会いに行くつもりなのかしら？」

「しらね。ま、どーでもよくね？」

魔神たちは興味を失ったように、三々五々、散っていった。

あとにはシュナイダーだけが残る。

「……さて、駒はそろえましたよ、ひかげ君」

円卓に腰を下ろして、にこりと笑ってつぶやく。

その手のひらには、白いネズミが乗っていた。

世界各地に、このネズミは解き放たれた。

無数の鼠同士で意思の疎通ができる。これがシュナイダーの唯一の能力だ。

ネズミたちは、各地に散らばり、計画実行に必要な人材をそろえた。

火影だけでない、魔族の残党、エトセトラ。

ヒカゲに恨みを持つものは存外多く、シュナイダーは彼らの心を言葉巧みに操ってみせ、駒に仕立て上げた。

自らの計画を実行するために。

「見せてください、君の実力と可能性を。僕の玩具(おもちゃ)に、ふさわしいかどうかを」

☆

俺はひなた、勇者ビズリーを連れて、村へと向かう。

「「「防人(さきもり)さまぁ〜〜〜〜〜〜〜〜〜〜〜！」」」

どどどっ、と村の美少女たちが、俺に気づいて笑顔で走ってくる。

あっという間に囲まれて、もみくちゃにされる。

「防人様っ、おいしい果物が穫(と)れたんだ。あたしの家にたべにきてっ」

「ちょぉっと！　抜け駆け禁止よ！　防人様、わたしとボードゲームしましょっ」

「防人様、今日こそあたいと一緒にえっちしないかい？　体がうずいてもう仕方ないんだよ」

美女・美少女たちに阻(はば)まれて動けない。

とてつもないいい匂(にお)いと柔らかな触感にくらくらする……。

い、いかん！　俺にはエステルがいるんだ！

「みんな。ひかげくん大好きなのはわかったけど、ちょっと急いでるから離れて離れてー」

「「「はーい！」」」

村人たちは残念そうに、だけど楽しそうに、俺に手を振って離れていく。

「先程の女性たちは、どなたでございますか？」

ひなたが目をぱちくりさせながら尋ねてくる。

「ひかげくんファンクラブだよ」

「な、なんと！　ファンクラブが存在するのですか！　すごい！　さっすが兄上ー！」

「……エステル、余計な事教えなくっていいって」

「ごめんごめん」

俺たちは村の奥へと向かって歩く。

「はぇー……大きな木でございますなー」

「……神樹っていって、この村の結界を維持するための魔力を提供しているんだ」

魔物が蔓延(はびこ)る村の中で、か弱い女たちが暮らせるのは、村長サクヤの結界のおかげ。

女人以外は、この村に入れない結界だ。

ビズリーが入れるのは、あらかじめサクヤに男が行くことを告げておいたからだ。

ややあって。

神樹の根元にある祠(ほこら)の中にて。

「おお、ヒカゲよ！　ひさしいのぅ。最近とんとわしに顔を見せぬからさみしくてのぉ」

「サクヤ……おまえ、服着ろよ」

一見すると、人間の幼子に見える。

ただ体が淡く緑に発光しており、何より体から少し浮いている。

彼女はこの大樹の精霊、ドライアド。樹とリンクして存在している。

「精霊ゆえに人間の衣服というのはどうしてもなれなくてのぅ！」

「……人目があるんだからやめてくれ」

「ちなみに精霊ゆえ女性器はないぞ。ほれほれ見るか？」

「見ねえよ！」

ビズリーは奥の部屋に通される。

サクヤは彼の体に触れて、目を閉じていた。

「うむ、だいぶ体を魔の血に侵されておるな、こやつ」

エステルを襲った時、ヤツは異形（いぎょう）の化け物だった。

今パッと見ただけでは、人間のそれっぽかったが……やっぱり肉体は魔族化しているらしい。

「人の体に魔族の血肉は毒じゃ。放置すれば早晩死ぬじゃろう」

「……そうか」

「じゃが、わしがいれば問題ない。魔族化を解くことができる、時間はかかるがな」

神樹の聖なる魔力を絶え間なく、少量ずつ注ぐことで、解毒できるのだそうだ。

「他でもないおぬしのため、力を貸そう」

「……まあ、俺は別に、こいつがどうなろうとどうでもいいんだが」

放っておくと、エステルが悲しんでしまうからな。

たとえ自分を傷つけた相手だろうと、弱っている人を放っておけない人なのだ。

「まぁそう言うな、ヒカゲ。わしにはわかっておる。こやつ、おぬしの友なのだろう？」

「……は？」

友？　友達だと？　俺を馬鹿みたいな理由で追放し、人々を魔王の脅威から守ることもせず、最終的に大切な人を傷つけたこいつが？

「そう怖い顔するな。せっかくの可愛い顔が台無しじゃぞ？」

「……後のことはあんたに任せるよ」

「うむ、心得た」

ビズリーをサクヤにあずけ、俺はその場を後にしようとする。

「ヒカゲよ」

「……なんだ？」

振り返ると、サクヤは微笑みながら言う。

「過ちを犯した人間に、手を差し伸べるのも勇者の役割じゃぞ」

勇者。

確かに、俺は魔王を倒したから、勇者といえるのかもしれない。

けれど……やはりしっくりこない。

「……俺は勇者じゃない、防人だ」

そう言って、祠から出る。

入り口付近では、ひなたが、村人に囲まれていた。

「へぇ！　あなた、防人様の妹ちゃんなのね！」

「防人様に似てかわいい！」

「ちょっと待って、今気づいた」

村の女のひとりが、真剣な表情で言う。

「ひなたちゃんと顔近いんだし、防人様を女装させると……完璧では？」

「「「それだ！」」」

村人たちに気づかれないよう、影転移で逃げようとする。

「兄上ー！　用事は終わりましたかー！」

ひなたが声を張り上げると、村人たちが俺ににじり寄ってくる。

「防人様、ちょぉっとだけ、お時間いただけないかしら？」

「大丈夫、痛くしないわぁ～」

「壁のシミを数えているだけですぐ終わるよぉ～」

女たちの異様な雰囲気に俺は気圧される。

魔物と相対したときとは違う……別種の危機感。

「「「防人様！　かもーん！」」」

「こ、断るっ！」

身と貞操の危機を感じたので、社へと転移する。

「……疲れる」

どうにも村人たちのノリについていけない。

嫌いではないんだが、あのきゃぴきゃぴした感じがな。

「………」

俺はゴロン、と寝転び目を閉じる。

「……過ちを犯した人間に、手を差し伸べるのも勇者の役割、か」

そりゃそうかもしれないが、俺は勇者ではないし、ビズリーの行動は、とても勇者らしからぬものだったと思う。

許せと言われても、許せない思いがやはり胸の中で渦巻く。

――殺せ。

「……またか」

悪夢の中で聞こえてきた声。十中八九、俺の体の中で飼っている黒獣のものだろう。

魔王戦が終わってから、特に、黒獣の活動は活発的になっている気がする。

とはいえ、俺とヴァイパーの二人で抑え込んでいるため、黒獣が暴走することは絶対にない。

――殺せ。食らえ。憎き相手を。一人残らず。

「……うるさい。黙ってろ」

俺は目を閉じて横になる。気に食わない相手を、一人残らず殺して食らうことは容易い。

けれどそれをやったら、本当の意味で獣になってしまう。

俺は、理性ある人間だ。

まどろんでいると、徐々に眠気が襲ってくる。

意識が深い場所へ落ちていく前に、俺はその声を聴いた。

——ビズリーを、殺そうとしたくせにか？

☆

ヒカゲが転移したことで、ひなたは一人取り残される。

「防人さま、いっちゃった」「おびえさせちゃったかしら」「反省ー」

村の女のひとりが、ひなたに問いかける。

「ひなたちゃん、これからどうする？」

「お兄さんを追いかける？」

すると、ひなたは背後をちらっと振り返る。

「えっと、自分、ちょっと用事があるので、これにて失礼！」

ひなたは祠の中、つまり、ビズリーのもとへ向かうのだった。

二章　暗殺者、次々と襲い来る敵と戦う

暗殺者ヒカゲのいる、奈落の森の外れ。

かつて魔族の領土があった土地は、荒野へと変わっていた。

廃墟と化した魔王城に、魔族たちが集められていた。

『やーやーみなのしゅー、おひさー。ドランクス君ですよ☆』

魔王四天王の一人、不死鳥のドランクスが、高いところから魔族たちを見下ろす。

『てめえドランクス！』

『今更何の用だ！』

『決戦のとき、ひとりで逃げやがって！』

夏に起きた、邪血を巡る戦いにおいて、ドランクスは魔王軍に加勢しなかった。

生き残った魔族たちはドランクスに抗議するが、しかし本人はどこ吹く風。

『えー、今日は君たちにとっても良いお知らせがありまーす？　なにかって？　じゃーん！【魔力強化剤】でーす！』

ドランクスの手には、緑色の液体が入った注射器が握られている。

『本人の魔力を強化するってーすごーいお薬なのだ☆　ただ試作品でね、まだまだ実験データ

が必要な段階。そこで☆　君たちに栄えあるモルモットになる権利をあたえよう！』

要するに、魔力を強化する薬の、実験台になれということだった。

『だれか試してみなーい？』

返事は、攻撃だった。魔法やスキルによる集中砲火をくらい、ドランクスはあっという間に死亡。だが不死の鳥であるドランクスは、瞬く間に復活する。

『でもぶっちゃけ君らさ、追い詰められてるのわかってる？　ボスの魔王様は殺され、黒獣に我ら魔族の領土の大半を削られた。魔族はこのままじゃ滅亡しちゃうぜ？』

魔族たちに動揺が走る。

だが……。

『それでも、誰がてめえのモルモットになるもんか』

『おれたちはおれたちのやりかたで、魔王様の悲願を達成する』

誇りある魔族たちは、ドランクスの元を去っていく。

『あーらら。うまくいかないもんですねぇ、シュナイダー様ぁ？』

いつの間にか、ドランクスの背後に、白いネズミがいた。

『さて、どうでしょうか。ほら、見てご覧なさい』

先ほどの演説は、シュナイダーが考えた内容を、ドランクスの口を通して言ったのだ。

『ん？　おおー！　結構いるじゃーん』

魔力強化剤にひかれて、残る魔族たちもいたのだ。

『さて、まずは強化された魔族相手に頑張ってもらおうかな、ひかげ君』

☆

俺の妹ひなたが、村から戻ってきたのは夕方になってからだった。

社の中にて。

「お姉様たちにいっぱい仲良くしてもらいました！」

ひなたはホクホク顔をしていた。

「あれが全員兄上のファンなのですから、兄上はもてもてですなぁ～」

「……バカなこと言ってないで、どうしてここに来たのかおしえてくれ」

「おお、そうでした！　実は父上が体調を崩したのでございます」

「親父が……？」

火影の里の当主である親父。

異能の暗殺集団をまとめる彼もまた、冷徹なる殺しのプロフェッショナル。

俺が里を出ていくとき、まだまだ現役でやっていけるほど元気だった記憶がある。

「兄上が出ていってから、少しずつ元気がなくなっていたのでございます。それで最近になって患い、そのまま寝たきりに」

「……そうか」

親父とは絶望的に馬が合わなかった。

あいつは冷徹な人殺しマシーンだ。暗殺者としては正しいのだろうけど、親としては最低最悪のクソ親父だ。どこの世界に、人殺しの術を、息子に教える親がいるだろうか。

「自分は兄上にそのことをお伝えに来た次第でございます」

「……俺を連れ戻そう、ってわけじゃないのな」

「いいえ。火影の人たちからはそう命じられましたが、別に従う義理はございませぬ。自分は兄上の味方ですゆえ」

ひなたもまた、俺に似て殺しに対して否定的なスタンスを取っていた。

一方で、兄のグレンは親父と思想が似通っていたが。

「……わざわざ知らせに来てもらって悪いな、こんなところまで」

「いえいえ、兄上の元気な姿を拝見したかったので！」

と、そのときだった。

「ご主人さま、敵でございます」

「魔族か？」

「さようです」

俺は立ち上がって、ひなたに言う。

「……すまん、ちょっと用事で出る」

「あ、兄上待っ……」

俺は影転移で、一瞬で外へ飛ぶ。

そこにいたのは、魔族の集団だった。

「……またお前らか。もういい加減にしろよ」

リーダー格らしき人狼が、俺の前に一歩出る。

『邪血を寄越せ、黒獣！』

「……なんのためだよ。魔王はもういないんだぞ」

『うるさい！　たとえ魔王様が死のうとも、その遺志は我らの中に残っているのだ！』

『邪血を手に入れ、我らが国を復興させる、それが魔王様にできる我らの唯一の供養！』

「……そうか」

人狼の集団が俺を取り囲む。

『いくら黒獣が強いからといって、この人数差で敵うと思うか！』

「……いや、もう終わってるよ、おまえら」

『なんだ……ぐあぁあああああああ！』

人狼たちの体が突如として、ドロドロに溶けて落ちる。

【魔呪毒】。これは、魔王を食らって手に入れた能力だ。

触れたものを瞬時に死へ誘う強毒。そこに俺の影呪法を組み合わせ、影を踏んだヤツに毒の呪いを付与する。弱いヤツならこれで一発だ。

逃れたリーダー格が、木の枝の上から俺をにらみつける。

『我らが魔王様の力すらも取り込み、自分の物にするとは……化け物め！』
「……先に攻めてきたのは、おまえらだろうが」
俺はただこの森で静かに暮らしたいだけだ。
魔族どもが、それを邪魔してくる。
魔王を倒せば世界は平和になるんじゃなかったのか……？
『くそ！　こうなったら……使うしかない……！』
人狼の手に、注射器が握られていた。
緑色の液体の入ったそれを、ぶすっ、と自分の体に突き刺す。
『ぐ、う、ぐごぉおおおおおお！』
ボコボコと音を立てながら、人狼の体が膨(ふく)れ上がっていく。
……その現象に、俺はかつて、邪血を取り込んで進化した魔族の姿を重ねた。
「まさか、邪血……？」
『いえ、人工的に作られた薬剤みたいです。死を代価に強大な力を得られるようです』
大賢者たるヴァイパーには、鑑定のスキルが存在する。
「……あれは邪血の下位互換のようなものなのか」
膨れ上がり、異形(いぎょう)の化け物となった人狼を前にしても、俺は逃げない。
『ぐらぁあああああ！』
人狼の一撃を、俺はバク転してかわす。

織影で作った槍は、しかしやつの筋肉に弾かれた。

『どうやら薬剤の影響で筋肉が硬質化しているようです』

「……ヴァイパー。あれを使う」

しゃがみ込んで、影の中に手を入れる。

影喰いで食ったものをヴァイパーに管理させている。

俺が欲しいと思った物を瞬時に取り出せるようにしている。

取り出したのは、かつて魔王の側近【剣鬼】の使っていた刀だ。

『じねぇえええええええ！』

俺は刀を振り上げて、下ろす。

……それだけで、終わっていた。

「あ、兄上……今のは、いったい……？」

いつの間にか、ひなたが俺の後ろに立っていた。

「この鬼神刀の効果だ。魔力を食らい斬撃を強化する。空間さえもえぐり取るほどにな」

「で、でもこれは……まるで……暴風の通った後ではありませぬか……」

さっきの化け物は、刀の一振りで消し飛んでいた。直線上にあった森の木々は、まるで巨大な獣に食べられたように、地面まるごと消し飛んでいた。

『黒獣化状態の影喰いを斬撃にかえるとは、さすがですご主人さま』

「兄上すごい！　すごいですぞー！」

ひなたが俺に抱きついて言う。

「こんなに強くなっていただなんて……！　感激いたしましたー！」

わぁわぁ、とひなたが歓声を上げる。

そういえば俺が故郷を出るときは、まだそこまで強くなかったな。

「……引き留めて悪かったな。もう暗いし、一泊して帰るのは明日にしとけ」

するとひなたは首を振ってこう言った。

「兄上、しばし村で厄介(やっかい)になってもよいでございますか？」

「……それはいいが、どうしてだ？」

ひなたは俺を見て一度口を開く。だが何か考えるようなそぶりを見せた。

「えぇっと……ほら！　姉上！　エステル殿ですよ。せっかく兄上の婚約者と出会えたのですから、仲良くしたいなーと思いまして」

「……いや、こ、婚約者ってわけじゃ……」

しかし、今のは無理にこじつけた感じがあった。

彼女は何か別に、ここに留まりたい理由があるのだろうか。

「……わかった。しばらくよろしくな」

☆

勇者ビズリーは悪夢を見ていた。

『魔王を倒した英雄の凱旋(がいせん)だぁ！』

王都では、彼らの帰還を祝うパレードが行われている。

国民たちは笑顔で、馬車に乗って、手を振る英雄たちを見ている。

『ありがとう、勇者様！』

彼らの尊敬のまなざしが向かう先は、自分ではなく……黒髪の少年ヒカゲだった。

『ありがとー！　ひかげさま！』『勇者ヒカゲ、ばんざーい！』

祝福されている英雄の中に、ビズリーはいない。

群衆の一部となって、棒立ちしている。

『やめろ！　そんなヤツ、勇者じゃねえ！』

ビズリーが声を荒げると、周囲にいた人たちが気づいて、蔑(さげす)んだ目を向けてくる。

『元勇者ビズリーだ』『魔王を倒すのに失敗した欠陥勇者だ』

くすくす、と人々が笑う。

『ちがう！　お、おれは欠陥品なんかじゃない！　本来ならおれが魔王を倒すはずだった！なのに！　ヒカゲが！　あの卑怯者(ひきょうもの)が！　おれの手柄を横取りしやがったんだ！』

しかし人々はビズリーの言葉を聞いてはくれず、ずっと嗤(わら)い続ける。

『ヒカゲさまに魔王を倒してもらった分際のくせに』

『勇者の責務を放り出して、他人に倒させるなんて、どっちが卑怯者なんだよ』

『ちがう！　ちがうんだ！　おれは！　おれはぁあああああ！』
すると、人ごみをかき分けて、敬愛する英雄王が出てくる。
『英雄王！　聞いてくれ！』
『ビズリーよ』
しかし英雄王は、冷たい目でビズリーを見下ろしながら言う。
『貴様を、今日限りで勇者パーティから追放する』
『そ、そんなぁ！　どうしてぇえええ⁉』
『貴様のような卑怯者は、不要だからだ』
ビズリーはうずくまる。
尊敬する英雄王も、街のみんなも、自分を卑怯者だと蔑んでくる。
違う違うと子供のように首を振っていると、声が聞こえた。
――すべてが憎いか？　勇者ビズリーよ。
自分の体の内側から、その声は聞こえてきた。
――憎いだろう？　ならば殺すがよい。一人残らず。
『う、るさい。うるさい！　黙れ黙れぇ！』
ビズリーは謎の声の主めがけて、いつの間にか持っていた剣で切りかかる。
『憎しみなんてないんだ！　くそ！　消えろ！　きえろぉお！』
自分は勇者であり、人の命を守るべき存在。

こんなことで憎しみを抱くことなど、あってはならない。

──だがほら見てみろ。

……自分の周りには、死体となった街のみんながいた。

『だれ、が……？』

──そうそうそうだ！　怒りに身を任せろ！　すべてを殺せ！

どこからか笑い声が聞こえる。

ビズリーの手には、血塗(ちまみ)れた剣があった。

ああ、自分が、英雄王だけでなく皆を殺したのだ。


「あぁああああああああああああああああ！」

絶叫と共にビズリーは目を覚ます。

悪夢が尾を引いており、彼はガリガリと頭をかきむしる。

「ちがう！　ちがうんだおれは！　卑怯者じゃないんだぁ！」

「落ち着くのじゃ、坊主(ぼうず)」

ふわり、とあたたかな緑の光が、ビズリーの体を包み込む。

昂(たかぶ)っていた気分が、徐々に、落ち着いてきた。

「はぁ……はぁ……」

「大丈夫か？　ほれ、水でも飲むが良い」

「…………」

木でできたコップを手渡され、ビズリーは訳も分からず、とりあえず一口飲む。

よく冷えた水に、果汁が混ぜてあった。

ごくごくと喉をならしながら一気に飲むと、一息つく。

「おかわりはいるかの？」

「いや……いらねえ」

そこで彼は、ようやく、目の前の人物の異様な外見に気づく。

「なんでてめえ、全裸なんだ？」

「わしは精霊だからのう。聖なる存在は一糸まとわぬ姿と相場が決まっておろう？」

「……わけ、わかんねー」

ぼすん、とビズリーは仰向けに倒れる。

「おれは、どうなったんだ？　たしか、魔族になって、暴走して、そして……」

ヒカゲに殺されたはずだった。

だが、今の彼は、人間の姿へと戻っていた。

「あまり動くな。まだ魔族の血肉が抜けておらぬ」

緑色の光の帯が、彼女から出て、それがビズリーの体を包んでいる。

「……てめえ、何者だ？」

「わしはサクヤ。この村の村長をしている。ヒカゲに頼まれてな、おぬしを治療してる」

「……あいつもここにいるのか？」

頷(うなず)くとサクヤを見て、ビズリーは立ち上がろうとする。

「これ、何をしておる？」

「出ていく。世話になったな」

ふらつきながら、ビズリーが立ち去ろうとする。

「無茶するでない」

「うるっせー！　ヒカゲの世話にはならねーよ！」

だが、足がもつれて転びそうになる。

「危ないでございます！」

そんなビズリーをふわり、と抱き留めるものがいた。

小柄で、赤みがかかった黒髪の少女だ。

「お怪我はないでございますか？」

「あ、ああ……」

この少女にビズリーは見覚えがあった。

ぼんやりとだが、彼女に背負われて、森の中を歩いていた記憶がある。

「おまえは……」

「ていや！」

ひょいっ、と少女が布団の上にビズリーを放り投げる。

「いってえなぁ！　……って、あれ？　痛くない？」

ビズリーの下に、つむじ風が発生していた。

ふわりと彼の体が軟着陸する。

「これぞ、わたしの【風呪法】！　風を操る不思議な術でございます！」

「ああ、そう……。ん？　あれ、これってどこかで……」

何かを思い出しそうになったが、しかし、古い記憶だったので、思い出せなかった。

「しばし安静が必要かと思いまする」

「正論じゃな。坊主、まあ今は体を休めよ。出ていくのはそれからでもよいではないか」

確かに、体に力がまともに入らない。

こんな状態で、魔物がうろつく森の中を歩けやしない。

「……ちっ。わかったよ。そんで、てめえは誰だ？」

「わたしはひなたと申します！　ビズリー殿！」

「ああ、そうかよ……」

ごろん、とビズリーは横になりながら、ふと気づく。

この少女は、なぜ自分の名前を知っているのだろうかと。

☆

ある日のこと、俺のもとに、ミファがエステルと共にやってきた。

「……どうしたんだ、二人とも？」

「なんだかね、ミファが胸騒ぎがするっていうの」

「胸騒ぎ？」

「……邪血が、何か関係してるのか？」

「血が沸騰するような感覚があります」

こくりとうなずく銀髪のハーフエルフ。

「わかりません。ただこの感覚が、徐々に強くなってきてます」

ミファがギュッと自分の胸を抱きしめて言う。

「そういえば、前もそんなことあったね。ひかげくんが村に来ることになったあの日も、ミファは同じようなこと言ってたかも」

「……その二度だけでは判断しづらいな。ヴァイパー、何か心当たりないか？」

しばし黙った後、大賢者である彼女は言う。

『ミファさまは、巫女なのですよね。ならば予言や、予知などの技能があるのかもしれません』

極東にもたしかにいたな、未来を言い当てるような職業のヤツらが。

『自覚していないけれど、大いなる禍の到来を感じ取っているのかもしれません』

「……もしほんとに予知が使えるようになれば、かなり防衛が楽になるな」

まああくまでも可能性の話をしているため、ミファに本当に予知の力があるのかは知らない。

本人も自覚してるわけじゃないしな。

と、そのときだった。

『ご主人さま、敵でございます。しかも、かなり大軍です』

影探知を使うと、なるほど、大量の魔族が奈落の森になだれ込もうとしているようだった。

「……ミファの力、マジかもしれないな」

「は、はい……」

不安げな彼女を、エステルが笑って抱きしめる。

「大丈夫よ、ミファ。ひかげくんがついているもの」

『そうでございますよ。ご主人さまは絶対に負けません。安心なさってください』

……ヴァイパーの言葉に、ずしり、と肩に何か重いものが乗っかる気になった。

絶対に負けない……か。

いや、そうだ。俺は、負けない。いや、負けちゃいけないんだ。

「ひかげくん？　どうしたの？」

「……なんでもない。ヴァイパー、いくぞ」

俺は位置を特定してもらい、影転移を使う。

予知、そしてヴァイパーの言葉に若干の不安を覚えながら、俺は敵地へとやってくる。

『邪血ぅ！　よこせぇええええ！』『魔王様ぁああああ！　ばんざぁあああああああい！』

異形の魔族たちが、目をギラギラさせながら、森の中を進んでいた。

「……またあの、魔力強化剤を使ってるのか？」

『恐らく。その数は１０００』

「……ヴァイパー。片付けるぞ。黒獣化を……っ！　いや違う！」

俺は空を見上げる。

『ご主人さま、何を……？』

「ヴァイパー！　防御だ！　全魔力を注いで結界を作るぞ！」

俺は印を組み、影の結界を作り出す。

オリジナルの型、【影領域結界】だ。

黒煙が周囲を覆い、村周辺に強固な結界を張る。

「まだだ！　対物障壁を展開！　ありったけを！」

魔王からコピーして手に入れた防御スキル、さらにヴァイパーが持つそれも併せて、幾重にもバリアを張った。そして……世界が、爆ぜた。

あまりに速すぎて、一瞬何事かと思った。

だが奈落の森での修行、魔王軍との死闘を経てレベルアップした俺の目には、見えた。

上空から、超高速で何かが落ちてきて、地面を殴りつけたのだ。

衝撃波は木々をなぎ倒し、そして周囲にいた生きとし生けるものすべてを力で消し飛ばした。

強化された１０００体の魔族は全滅。

それどころか、ヴァイパーの張った障壁をすべて壊した。

唯一、暗幕結界だけが残っていたものの、ぎりぎりだった。

「ご主人さまがいなかったら……終わっていました」

爆撃を受けたように、更地になってしまった森の一部を見て、彼女が呆然とつぶやく。

不意打ちを食らっていたら今頃、何が起きたのかわからずにあの世行きだっただろう。

「おー！　これを防ぐかー！　おまえ、すごいのだー！」

爆心地に立っていたのは、驚くべきことに、年端のいかない美少女だった。

「ハァッ……！　ハァッ……！　ハァッ……！　ハァッ……！」

ヴァイパーが、魔王の側近たる彼女が、震えていた。

「なんという……まがまがしい魔力……魔王の、比ではない……」

彼女が一歩一歩近づいてくるだけで、ヴァイパーの顔色がみるみるうちに青くなっていく。

「ご主人、さま……お逃げください……」

逃げる。逃げる、だと……？

脳裏に、エステルと、ミファ、そして村の仲間たちの笑顔が浮かぶ。

「……影の中に入ってろ」

「ご主人様！　おやめください！」

俺は印を組んで、ヴァイパーを影の中に沈める。

その子が俺の前までやってくる。

「初めまして、人間。ワタシは竜魔神ベルナージュ。おまえと戦いに来たぞ！」

☆

ヒカゲがベルナージュと相対している、一方その頃。

勇者ビズリーは、村の外に現れた、強大な存在に気づいていた。

「うぷ……！　うげえええええええええ！」

だいぶ距離があり、ヒカゲとサクヤの二重の結界が阻んでいたとしても、その強大すぎる魔力を隠し切れない。

「ビズリーよ、無事か？」

サクヤは厳しい表情で、近づいてくる。

近くにいたひなたは、とっくに失神していた。

「どうなってんだよ、こりゃあ⁉」

「敵襲であろう。どれ……」

サクヤが手を打つと、目の前に鏡が出現し、外の様子を映し出す。

黒髪の少年と相対するのは、幼子のような見た目の美少女。

桃色の長い髪を適当に束ね、軽装、手甲をはめたその姿は、拳闘士のようである。

幼女ともいえるその姿からは、星を震わせるほどの膨大な魔力があふれていた。

「こんな、ばけもんが……存在、してたのかよ」

ビズリーが恐怖で声を震わせる。

かつて、魔王の側近である剣鬼と遭遇した際、あまりの殺気に失神しかけた。

世界最強の存在であると、確信した。

その剣鬼が赤子に思えるほど、眼前の少女から放たれる力の波動は強大だった。

「な、なにぼさっとしてるんだよ！　逃げろ！　死ぬぞ！」

鏡の中に映るヒカゲに向かって、ビズリーが声を荒らげる。

魔法で遠くを見ているだけだ、声が聞こえるはずがない。

だが彼の使い魔らしきダークエルフの女は、何度もヒカゲに退散するように言っていた。

それでも、ヒカゲは退かなかった。

「なんでだよ……卑怯者のくせに、なんで逃げないんだよ……？」

ヒカゲはベルナージュに向かって近づいていく。

おそらく現場ではすさまじい魔力の暴風が吹いていることだろう。

正直ビズリーはこの場から逃げ出したくなった。

「なぜ、逃げねえ……」

「それはな、坊主。ヒカゲがここの、守り神……防人だからじゃ」

ヒカゲはまっすぐにベルナージュを見据えながら進んでいく。

後ろを振り返ることも、立ち止まることもしない。

「あの子は、責任感の強い子じゃ。心の中では怯えていることだろう。それでも、戦うのじや」

大切なものを守るために、引かず、立ち止まらず、敵を殺しに行く。

なぜならヒカゲは守り神だから。

ただ一人の、防人だからだ。

☆

俺はベルナージュと名乗った女の前に立つ。

一見すると、ただの小娘にしか見えない。

だがこいつが放つ強者(つわもの)のオーラ、とでもいうのか、それが尋常(じんじょう)ならざるものであると証明している。

「おー！　おまえ、人間なのに【闘気】を持つのか！　おもしろいなー！」

「……闘気？」

少女が俺を見て、よくわからない単語を言う。

「持っているのに使わないなんてもったいないことするな。でも、闘気なしで倒したのなら、本当に大した男だな、おまえは！」

ニカッと笑うその姿は、無邪気な子供に見えなくはない。

もっとも、彼女から放出される異常なまでの力の波動を除けばだが。

「……お前は、どこの誰だ？」

「竜王の娘にして魔神が一柱、竜魔神ベルナージュだ！」

竜魔神。聞き覚えがない。

ヴァイパーに尋ねようにも、彼女は震えていて、それどこじゃなさそうだ。

「おまえ、すごいな！　ワタシを前にして、平然としていられる人間は、お前が初めてだ！

これはめっちゃすごいことだぞ！」

……できることなら、俺だって怯えて丸くなっていたいさ。

けれどそれはできないんだ。

こんな化け物を相手に、戦えるのは俺ただ一人。

俺が、みんなを守るんだ。俺が、最後の希望だから。

「……それで、ベルナージュは、何しに来た？　おまえも邪血が欲しいのか？」

たいていの魔の者たちは、存在を進化させるために、ミファの血を欲していた。

どうせ、彼女も同じだろう。

「そんなもん知らんのだ！」

「……なんだと？」

「ワタシが欲するのは強者との死闘！　神殺しヒカゲ！　勝負しろなのだ！」

……正直、理解できない。

が、これだけは分かる。

こいつは、今まで戦ったことない種類の、化け物だ。

「……いいぜ、やろうか」

「おー！　そーこなくっちゃなぁ！」

とはいえ、まともにやって勝てる相手ではない。

竜魔神ベルナージュ。今まで戦ってきた中で、最強クラスの化け物だ。

こいつに勝てるとすれば、初撃。

つまり、俺の攻撃方法がバレていないうちに、一気に叩き潰す。

「どうしたー？　最初の一発はゆずってやるぞ！　ほれほれかかってこいなのだっ！」

「……そもそも、なんでおまえは戦いを好む？」

会話しながら、印を組み策を練る。

俺の戦いはいつだって、卑怯者のそれだ。

だがそれがどうした。

勝てば良いんだ。

「それはなぁー……えへへ♡　お婿さんを探すためだ！」

「……お婿さん、だと？」

なんか斜め上の回答が来たぞ……だが、よし、時間が稼げそうだ。

「親父殿が言っていたのだ。自分を倒せるくらい強い男……否、漢と結婚するのだぞと！」

「……なぜ言い直した。漢ってなんだ？」

「漢とは！　強き雄のこと！　何者にも負けぬ、屈せぬ、最強の存在！　漢と結ばれ子をなす、これが女の本懐？　ってやつらしーぞ！」

「……らしいって、受け売りかよ」

「おうよ！　親父殿のな。まあ……死んでしまったがな」

少し寂しそうな表情を見せる。

こう見ると、普通のか弱い女の子みたいなんだがな。

だが纏う強さは一級……いや、特級品だ。

手を抜くな。殺すことだけに集中しろ。

――脳裏をかすめる悪夢。殺されたエステルの姿が浮かぶ。

……すぅ、と息を吐く。

「じゅんびはかんりょーか？」

「……ああ。いくぜ」

「おうよ！　どーんとかかってこい！」

宣言通り初撃は譲ってくれるみたいだ。なら全力でいくのみ。

ただし、暗殺者らしく、正々堂々、卑怯に、姑息に……ただ殺すのみに特化して。

まず俺はベルナージュの足下を、影の沼に変える。

影喰い。さらに無数の触手で相手の体をがんじがらめにして動けなくする。

「お？」

ずるんっ、とベルナージュの体が影の下に沈む。

【俺】は影の下に潜って追撃する。

中には俺が取り込んできた式神たちが、無数に存在していた。

彼らに一気に襲わせる。

ベルナージュはフッ……と吐息をついただけでその全てを消し飛ばした。

だがそれもまたフェイク。

影で作った化け物たちは崩れると、泥のように、ベタベタとベルナージュの体にくっつく。

あっという間に影の球体ができあがる。

織影でその球体を超圧縮し、その上で【俺】は突っ込む。

だが、次の瞬間【俺】は消し飛んだ。

だがそれもまたフェイクだ。

周囲には無数の俺が待ち構えており、ベルナージュに次々と襲いかかる。

奈落の森の中でなら、俺の魔力は無限だ。

ひたすらにベルナージュを捕縛、かみつく。

こうやって消耗させるのが……目的ではない。

「こざかしいな……！」

グッ……とベルナージュが体を縮めると、一気に魔力を解放する。

衝撃波は全ての【俺】を消し飛ばし、さらには影の領域すらも破壊する。

ベルナージュは影の外へと飛び出て、地上に着陸した。

「なんだ、こんなものか……？」

「……まさかだろ」

地上にいた俺は、最初から今ので決められると思っていなかった。

全てはフェイント。本命はこれだ。

俺の手には鬼神刀。

奈落の森から引っ張ってきた、魔力が極限にまで込められている。

さらに……影の下に取り込まれていた間、ヤツから魔力を吸い続けていた。

「ハッ……！　いいな！　すごくいいぞ！　だが死ね！」

この技は大きな隙を生む。

その一瞬を竜魔神は逃さない。真正面から、俺に向かって、魔力をこめた拳を振るう。

ざふ……と俺の体が、粉々に砕け散る。

「ふぅ……うむ！　やるな！　良かったぞ！　まあ人間にしてはなかなかだったが……まだワタシの番にはなれぬかな」

……と侮ってくれた、そのときだ。

「【黒獣狂乱牙】」

渾身の一撃をこめた、刃が振り下ろされる。

「!?　バカな！　倒した……これもフェイクか!?」

気づいたところで遅い。俺がいるのは社の屋上。

そう、はなっから俺は、ヤツの前にはいなかったのだ。

戦っていたのは、俺が影で作った人形。

すべてはこの一撃のため。

回避しようにも、ヤツが最後に切った影人形が、ベルナージュの体を捕縛する。

振りほどくのは一瞬だろう。だが、いいのだ。その一瞬が欲しい。

俺の放った強力無比の一撃は、鬼神刀に込められた魔力、さらに、ヤツから受けた攻撃を込めたカウンターの一撃。

俺は魔王との戦いで自分の力の本質に触れた。

黒獣は全てを食らう。それは相手の攻撃すらもだ。

あえてベルナージュからの一撃を受けた。

その分を上乗せし、奈落の森の全魔力を練り上げて作ったのがこの一撃。

森を一直線に切り裂き、大地も、空も、あらゆるものを食いちぎる、狂った化け物の牙。

それはベルナージュの背後からヤツを飲み込む。

俺の力は足りないだろう、だから、おまえの強さも上乗せさせてもらった。

爆音は光から一瞬遅れて響く。衝撃波は遠く離れたこの社にまでも届いた。

バラバラにならないよう、結界を張っていた。

やがて衝撃が収まり……ベルナージュは倒れたのだった。

☆

俺は彼女の元へと転移する。

『見事……お見事です……ご主人さま……』

影の中から、ヴァイパーの声がする。

その声は震えていた。歓喜のそれか、あるいは俺の強さに恐怖しているからか。

『まさか、あんな化け物すら倒すとは』

「……いいや」

俺は現場に到着して、すぐに気づいた。

『倒してないと？　そんなバカな。だって目の前の竜娘は息をしていないですよ？』

「……俺にはわかる。数々の命を刈り取ってきた、暗殺者（おれ）には」

それは言語にできない、手応え？　とでもいうのか。

確かに倒したかも知れないが、しかし、命をこの手に取ったという確信がなかった。

「げふっ……」

仰向け（あおむ）けに倒れていた竜魔神が、息をしたのだ。

『!?　そ、そんな!?　あり得ない！　ご主人さまの全霊の一撃を受けて、生きてるなんて!?』

「いや、それは間違いないのだ」

よいしょ、とベルナージュが立ち上がる。

俺の攻撃を受けて、衣服が消し飛んでいた。

素っ裸の彼女は……しかし、晴れ晴れとした笑みを浮かべている。

俺は内心で冷や汗をかいていた。

今使える最強の一撃を直撃させた……それでも生きてる。

もう手がない、というのに、どうしてだろう……こいつからは、殺意を感じなかった。

「ワタシは確かに死んだ。だが、残念だが年を経て、神格を手にした竜には命が七つ存在する」

「……なるほど、そりゃ厄介だ」

だが、なんてことはない。あと六回殺せば良い。

「いいなその目。事実を知ってなお揺るがぬ強き意志の籠もった瞳……気に入ったぞダーリン」

「『ダーリン……？』」

ベルナージュは目を♡にして、俺に、抱きついてきた。

「ダーリン！　おまえはワタシの伴侶に任命されたぞ！　よろこべー！」

『なっ⁉　なんですってぇええ⁉』

あまりに驚いたのか、ヴァイパーが俺の影から出てきた。

「どういうことですの⁉」

「ワタシを殺した漢はヒカゲ、お前だけだ！　見事な漢っぷり……ナイス、漢！」

よくわからないが……しかし、もう戦う気はないようだ。

ホッとすると、俺はその場にへたり込む。

「ダーリン♡　ダーリン♡　ちゅっちゅっちゅっちゅ～♡」

「ああこら！　離れろ小娘！」

「うるさいなぁ。この星もろとも消すぞ？」

可愛(かわい)く小首をかしげながら、さらっと怖いことを言う。

「ダーリン。おまえは、見事だ。油断し、防御をとっていなかったとはいえ、ワタシを殺した。それは誰にもできなかったことだよ」

「……やっぱり、手を抜いてたんだな、おまえ」

最後の一撃の際、彼女はあえて動こうとしなかった。

影による捕縛なんて、こいつにはあってないようなものだしな。

回避できたのに、しなかった。さらに防御姿勢もとらなかった。……負けたのは俺の方だ。

初めから本気なら、負けていたのは俺だし……死んでいたのは、俺だった。

こいつと違って、俺には命が一つしかないのに……くそ！

「ダーリン。悔しがることはない。おまえはよくやった。それに……」

「なんだと……？」

スッ……とベルナージュは目を細める。

「……おまえ、殺すのを、躊躇(ちゅうちょ)したな」

ぞくり、と背筋が凍るほど、冷たいまなざしだった。

「ご主人さまが手を抜いたとでもいうのですか？」

「んー……そういうんじゃなくって……そのー……うーん……ま、上手くいえないが、最後のあれは、おまえの最大の一撃ではなかった」

ベルナージュに指摘されても、俺には心当たりはなかった。

本気で、外敵である彼女を排除しようとした。

殺すのをためらったなんて、自覚はない。

「まあ誇れ、本気を出さずにワタシを殺したのだからな。快挙だろう？　ワタシも本気ではなかったし、お互いさまだ！」

よくわからないが、俺は竜魔神の気まぐれで、生きていることだけが、理解できた。

勝ったが……完勝とまではいかない。どこかしこりの残る勝利といえた。

「ダーリン、決めたぞ！　おまえはワタシの伴侶となれ！」

「……いや、お前に勝たなきゃ夫になれないんじゃなかったのか？」

あと六度殺さないと、完全勝利にはならないだろう。

「ワタシは確信した。その若さでその強さ。さらに魔王とワタシ、二体の魔神を倒してみせた。おまえは天才だ。いずれ、魔神を凌駕する、本物の化け物になれる。ワタシが保証しよう！」

「魔神にその強さを褒められてる……すごい、さすがご主人様です！」

褒められてもその声はどこか遠い。

俺は全力を出し切ったことと、魔神の脅威が去ったことの安堵で……気を失ったのだった。

――いいぞ殺せ。殺せ。殺せ。

――魔族も魔神も何もかも、貴様を邪魔する全てを食らえ。

――そのためにならば貴様に力をいくらでも貸そう。

――殺せ殺せ全てを食らえ。

――我に供物を捧げ続けよ。

――さすれば、貴様は手に入れる。

――最凶の力を。

☆

勇者ビズリーは、サクヤの魔法の鏡を通して、竜魔神との激闘を全て見ていた。

「すげえ……なんだよ、あいつ……こんなに強かったのか……」

呆然とビズリーはつぶやく。

あの小娘との死闘は、正直次元の違うものだった。勇者として、女神に力を与えられた、人類最強の男から見ても、ヒカゲも魔神も、異次元の強さであることがハッキリとわかった。

「あ、あはは……んだよ……あいつ……あんなに強かったのかよ……」

ヒカゲと張り合おうとしていた自分が、バカみたいに思えてきた。

強くなった彼の戦闘を見るのはこれが初めてだった。

だが、彼のそれと比べて、自分の剣は、なんとお粗末なことか。

以前、ヒカゲと奈落の森で、決闘したことがある。

いかに、あのとき手を抜かれていたのかも……痛感させられた。

「くそぉ……あいつ、内心でおれのこと、馬鹿にしてやがったんだ……あんな強さを、隠し持ってて……くそ！　馬鹿にしやがって……！」

――そうだ。怒れ。

心臓が脈打つ。なにか、体の内から、感情とともに湧き出てくるような気がした。

「……坊主よ」

その姿を見ていたサクヤが、悲しそうな顔を向けてくる。

「んだよ、その同情するような目はよぉ！」

殴りかかろうとする、だが、途中で止める。

相手はいたいけな少女。自分が拳を振るうべきは悪。……だから、彼は拳を止めた。

「坊主。おぬし、勇者なんだってな」

「だからなんだよ！」

「勇者なのに……わからぬのか？　彼の背負う重みが」

「重み……？」

そのときだ。

「サクヤさま！」

ヴァイパーが一瞬で、サクヤたちのもとへ、影転移してきた。

彼女の手には、気を失っているヒカゲの姿があった。

「お願いします、神樹の治癒を！」

「うむ、了解した」

ビズリーの隣にヒカゲを寝かせる。

「お、おいババア。何するんだよ。ヒカゲは別に傷ついてるように見えねえぞ……？」

と、そのときだった。

「う、ぐ、ぐあぁあああああ！」

ヒカゲの体から突如、黒い靄のようなものが沸き立つ。

彼の目は真っ赤に染まり、その体が靄に、徐々に浸食されていく。

「この地に根付く神の樹よ。この者から邪気を祓いたまえ、清めたまえ」

ヒカゲの体に聖なる光がまとわりつく。それは邪気を抑え込み……黒い靄が消えていく。

野獣のように吠えていたヒカゲだったが、すこしずつ大人しくなり、眠りにつく。

「これで、一安心じゃな」

ぺたん、とサクヤはその場にしゃがみ込み、肩で息をする。

彼女の額には、脂汗がびっしょりと浮かんでいた。

「ど、どうなってるんだ……？」

「ヒカゲはな。体の中に霊獣を飼っている。だが、ヒカゲが強くなるにつれて、霊獣もまた強くなっておるのだよ」

体の内側から、破ろうとしたのは、ヒカゲが持つ影の獣らしい。

「普段は制御できている。じゃが、力を使いすぎ、疲弊（ひへい）すると、こうして体の中のヤツが暴れるのじゃ」

「そりゃ……どうして？」

「肉体を、乗っ取ろうとしておるのじゃろう」

サクヤは痛ましいものを見る目で、ヒカゲの体を見やる。

「ヒカゲは最終奥義を使った。肉体の主導権を渡し、黒獣となる技じゃ。だがヴァイパーという制御装置があることで、肉体を取り戻せる。……それが黒獣は気に入らぬのじゃろう」

本来は剣鬼との戦闘で、黒獣はヒカゲの肉体を手に入れるはずだったのだ。

黒獣は自由を手に入れるため、宿主が弱っていると、内側から肉体を奪おうと暴れる。

「おばば、さま……！」

「！　エステル！」

ふらつきながら、少女エステルが、汗をびっしょりかきながら、近づいてきた。

「ひかげくんは⁉　ひかげくんは大丈夫なの⁉」

「ああ。もう心配ないよ。エステル、落ち着きなさい」

「そっか……よか……」

がくん、とエステルが倒れる。

「お、おい……こいつって……？」

「ヒカゲのガールフレンドじゃよ。彼女もまた、ヒカゲが苦しんでいることを知っておる。じゃから、一緒に眠ってあげて、苦しんでいるときはわしの元に連れてくるのじゃよ」

毎晩ではないにしても、定期的に、ヒカゲは暴走しかける。

彼が暴れてしまわぬように、同衾しているのだ。

「どうして、てめえも、この女も、そこまでヒカゲにしてやるんだよ……？」

それはヒカゲにも思うことだった。なぜ、ここまでボロボロになっても、戦い続ける？

「……答えは、わかっているのだろう。坊主。おぬしも、勇者ならな」

サクヤは微笑むと、エステルの隣に、ヒカゲを寝かしつける。

「わしは少し寝る。ちょっとつかれた」

すぅ……とサクヤが消える。

「わたくしは残党がいないか、念のため確認してまいります」

大賢者は森の警護に向かった。

「ヒカゲよぉ……」

自分の目の前で、苦悶の表情で眠る少年。

本当に、彼が先ほど、化け物と死闘を繰り広げた男と、同一人物なのだろうか。

「なんなんだよ、おめーはよ。どうして、そこまで頑張るんだよ……」

☆

一方で、魔神シュナイダーはというと。

「実に、ブラボーですよ、ひかげ君！」

不死鳥ドランクスの地下研究所にて。

「まさか人間なのに竜魔神を倒すとは……さすがは神殺しを成し遂げただけある！」

「きししっ☆　ご機嫌ですねぇ、シュナイダー様ぁ～……」

ドランクスもまた、ヒカゲとベルナージュとの戦闘を見ながら、データ収集していたのだ。

「私は確信しました。彼こそが、本当の意味での【神殺し】となりうる存在だと。徐々に試していくつもりでしたが、これで十分」

ベルナージュとの戦闘を見て、シュナイダーはヒカゲをたいそう気に入ったのだ。

「ではぁ、彼を育てるのですかぁ～？」

「ええ。彼なら、私の理想を実現してくれることでしょう」

うっとりしながら、シュナイダーは目の前に置いてある水晶玉をなでる。

サクヤの元で眠るヒカゲが映し出されていた。

「でもシュナイダー様ぁ。野望を邪魔するバカが、どうやらいるみたいですが～？」

「ええ、気づいていますよ、もちろん」

ヒカゲと、その隣に座る勇者ビズリー。

彼らの胸の中央に、どす黒いオーラのようなものが写っている。

「しぶといですねぇ、彼も」

「ま、それだけが彼の長所なところありますからねぇ」

「どうしますぅ～？　消すことくらい容易いですが～？」

「このままで問題ないでしょう。ひかげ君なら、簡単に対処するでしょうしね」

「でもぉ、呑み込まれてしまったらぁ～？」

「そのときは彼を捨てて、新しい器を探すだけです♡」

「きししっ☆　なぁるほどぉ、そんじゃま、こいつについては、放置ということで」

「ええ。私たちは今まで通り、ひかげ君の成長のために、尽力するだけです」

三章　暗殺者、故郷の忍びと戦う

ヒカゲがベルナージュを撃破した、一方その頃。

極東にいた兄グレンを乗せた船は、弟のいる西の大陸へ、まもなく到着しようとしていた。

「いいかてめぇら。これから向かうのは奈落の森。そこにいる邪血を手に入れるのがおれらのミッションだ。そこをヒカゲが邪魔してくるらしい」

グレンの前には、黒装束に身を包んだ男たち。彼らはみな火影の暗殺者たちだ。

「でも、我らにかかれば楽勝でございますなぁ、当主殿」

配下に向かって、にやりとグレンが笑う。

「まぁな。おいおい、それに当主はまだ気が早いぜ」

「しかしグレン様でもう決まったようなもの」

「邪血を手に入れれば盤石」

「これで我らの未来も安泰でございますなぁ～」

ここにいる誰もが、グレンの方がヒカゲやその父より優れていると、本気で思っていた。

確かにグレンは弟の使う影呪法を持ってはいないものの、恐るべき力を持っているから。

「ちゃっちゃと邪血を回収しちゃいましょうぜ、当主！」

「そうだな。ヒカゲをぶっ殺して、邪血を手に入れて、ぱーっと宴会しようぜ！　野郎ども」

「「「応！」」」

　と、そのときだった。

『果たして、上手くいくでしょうかねぇ』

　どこからか、耳に障る、甲高い男の声がした。

「だ、誰だ⁉」

「まあ落ち着け、野郎ども。おいシュナイダー、こそこそ隠れてないで出てこいよ」

　グレンは屋根の上を見上げて言う。

『いえ、ここで私は失礼しますよ』

「ケッ……！　ネズミ野郎が。それで、どういうことだよ？」

『言葉通りです。ひかげ君は力をつけています。侮れないほどにね』

　だが、その場にいる全員の表情に、緊張感は一切見られなかった。

「力をつけたっつっても、なぁ？」

「あの落ちこぼれのヒカゲじゃんか」

「暗殺者のくせに、人殺しが嫌いとかいう甘ちゃんだろ？」

「あんなのに影呪法が顕現するなんて、ほんと、才能の無駄遣いよね～」

　この場にいるグレンの配下たちはみな、過去のヒカゲを知っている。

　心優しき少年は、暗殺集団の中では、落ちこぼれ扱いされていたのだ。

「つーわけだよ、シュナイダーさん。おれら負ける気、ゼロだから」

『それは頼もしい。ですがそこまで余裕な態度を取りながら、負けてしまったらだいぶ恥ずかしいですすよ？』


くすくすと笑うように、シュナイダーが言ってくる。

「………うっせえ」

グレンが印を組む。ぐにゃりとグレンの体が歪み、体の一部がびゅっ……！　と上空へと飛ぶ。それは刃となって、天井裏にいたネズミを斬り殺した。

「おれが負ける？　ひかげに？　冗談言うなよ」

ぺっ……！　とグレンはつばを吐く。

「おれの方が圧倒的に強いんだ。親父がひいきしなきゃ、今頃おれが火影の当主なんだよ」

『なるほど……では、グレン君。頑張ってくださいね』

殺したはずなのに、どこからかシュナイダーの声がする。

苦虫をかみつぶしたような顔で、フンッ、とグレンが鼻を鳴らす。

「当主さま、陸地が見えてまいりました！」

「お、そうか。よし……待ってろよぉ邪血ぅ～」

べろり、とグレンは舌なめずりする。

「必ず手に入れて、世界すらもおれが支配してやるぜ。ぐひゃっ、ぐひゃひゃひゃ！」

☆

俺はとても良い匂(にお)いとともに、目を覚ます。

眼前には、美しい少女がいて、俺のことを包み込むように抱きしめてくれていた。

「……エステル」

恋人の彼女のぬくもりが、今ここが現実であることを教えてくれる。

「おはよ、ひかげくん♡」

彼女が目を細めて、ささやくように言う。

ここは、どうやらサクヤのところみたいだ。

和室に寝かされており、俺はエステルと一緒の布団に包まれている。

「…………」

ギュッ、と彼女の体を抱きしめた。

この温かさが、柔らかさが、彼女の存在が……俺が生きていると証明してくれる。

俺はベルナージュとの戦闘に、ほんとうに勝ったんだ。

ようやく、俺はとんでもない相手と戦ったと自覚した。

魔神。あんな馬鹿げた力を持つ存在がいたなんて。

魔王や剣鬼(けんき)ぐらいじゃや、可愛(かわい)く見えるじゃないか。

今まであんな化け物がこの世にいたのに、この世界はよく無事だったものだ。

「よしよし、ひかげくん。よしよし♡」

エステルが笑顔を向けてくれる。

「偉いよ。君は本当に毎日頑張っているわ。偉い偉い♡」

いつだってエステルは、俺の側にいて、辛い気持ちを和らげてくれる。

その笑顔に、温かさに、何度助けられたことだろうか。

……それでも、彼女に今の心の内を、吐露するわけにはいかない。

ベルナージュ戦は、まぐれと偶然が積み重なって手に入れた奇跡のような勝利だった。

あんな化け物が、他にもまだいたら？　ベルナージュが、本気を出してきたら？

……まず間違いなく、この村は終わる。エステルもミファも、村人たちも、全員守れずに。

エステルに全てをぶちまけたい衝動に駆られる。

だがそれをすると、大事な彼女を、不安がらせてしまう。

俺は決めたんだ。彼女の笑顔と、村人たちの安寧のために、刃を振るうと。

「ひかげくん？　どーしたの？」

「……ううん、なんでもないよ」

「なにか、悩みがあるならなんでも言って。なんでもするよ♡」

「……な、なんでもって……なんでも？」

「もちろん♡　なーんでも♡　お望みなら、えっちなことだって……ね♡」

な、ななんだとっ。俺は思わずエステルの胸元を見てしまう。

大きな膨らみは、体を横にして眠っていることで、ふにゃりと柔らかそうにひしゃげている。

極上のクッションのようだ。そこに顔を埋めて眠れたらさぞ心地よいだろう……って、い、いかん！　いかんいかん！

「ふっふっふ～」

俺は彼女の顔を見ると、ニヤニヤと意地悪そうに笑っていた。

「ひかげくんは、まだまだお子様ですね～♡」

「……な、なんだよ。お、おまえはどうなんだよ？　その……経験あるのかよ」

「お姉ちゃんはほら、その……年長者ですから？　経験もほーふです……よ？」

目線をそらしながら彼女が言う。明らかに嘘っぽい。

「……ほー、なら何人と寝たんだ？」

「ふぇ!?　えーと、えーと……」

「……ほら嘘じゃん」

「う、嘘じゃないわ！　ほんとよ！　もういっぱい寝てるんだからっ」

「……ふーん」

「微塵も信じてなさそうっ。もうっ。お姉ちゃんを馬鹿にして～。悪い子にはこうだ♡」

ぎゅっ、とエステルが俺の頭を抱き寄せる。

俺の顔に、柔らかな乳房が二つ当たる。

甘い匂いに頭がクラクラするし……柔らかな感触に、しがみつきたい衝動に駆られる。

「よしよし。君は……良い子。本当に、良い子良い子だよ」

エステルの声音は優しい。まるで、赤ん坊をあやす母のようだ。

彼女の温かな優しさが、俺のこわばっていた体と心を解きほぐしてくれる。

「エステル……ごめん。ふがいない恋人で」

俺たちは母子じゃなくて、恋人同士なのに、いつだって俺を支えてくれるのは彼女だ。

甘えてばかりで申し訳ない。

「全然ふがいなくない。いつだって君はわたしたちを守ってくれている。君の優しさに寄りかかってしまっているの。だから……まあお互い様？　みたいな」

「……ありがとう」

「いえいえ、どーいたしまして♡」

そんなふうに、朝からイチャついていた……そのときだった。

「「「じー……」」」

ふすまから、こちらをうかがう目が……たくさん。

「「「ずるーい！」」」

ズバンッ！　とふすまが開くと、女子たちがなだれ込んできた。ＳＤＣの皆だ。

「エステルずるいわっ！」「防人様と朝からいちゃいちゃしてっ」「抜け駆けはノーですわ！」

女子たちがエステルを引き剥がす。

「いいでしょ。ひかげくんとは、こ、恋人同士なんだから、い、いちゃいちゃしてもっ」

「それはそーだけど駄目！」「防人さまを独り占めしちゃ駄目ってきめたじゃなーい！」

するとを女子たちが俺に抱きついてくる。

「防人様、昨日はお疲れ様でした！」

「ぼくたちを守ってくれてどうもありがとうっ」

「いつも坊やにはお世話になっているわね♡　だから、今日はお姉さんが、たっぷりご奉仕してあげるわ……♡」

何人もの美女・美少女たちが、俺の体をギュッと抱きしめる。

花のような、果実のような、甘ったるい匂いに囲まれてクラクラとしてしまう。

「あ、ずるーい！　あたしがご奉仕するのー！」

「甘いわ。わたしなんてこの日のためにバナナで練習したんだからね」

「わ、わたしだって防人様のために練習したんだからっ」

なんの練習だなんの!?　ご奉仕ってなんだよ!?

「こらこら、ひかげくんが困ってるわよ。離してあげないと。ねえミファ？」

一緒にやってきていたミファに、エステルが言う。

だがミファはプクッと頬を膨らませ、そっぽを向く。

「姉さまのいじわる」

「ふぇ？　み、ミファ？」

「ヒカゲ様を独占するのは、いけませんっ。みなさんっ、姉さまを連れ出してくださいっ」

「「「がってんだ！」」」

女たちは、エステルを抱きかかえると、わっしょいわっしょいと外に運び出してしまう。

後には俺とミファだけが残った。

「……あ、ありがとう。助かったよ」

彼女は俺に正面から抱きついてくる。

エステルたちとまたちがう甘い香りと、滑らかな肌の感触にドギマギする。

「……生きてて、良かったです」

「……なんとか勝てたよ」

「ごめんなさい。わたしのために」

「……あ、いや。今回は違うみたいだぞ」

普段の敵と違って、ベルナージュの目的は強者（つわもの）との試合。

もっと言えば自分より強いオスだった。

「……だから今回はお前が気に病む必要はないよ」

「ヒカゲ様……お優しいです」

ミファは微笑（ほほえ）むと、甘えるように、頬ずりしてくる。

「……み、ミファ。一応、その……俺、エステルっていう恋人がいるんで、その……離れてくれないか？」

しそうやって硬直しているのだった。

「いやです♡　もう少し……こうさせてください♡」

子猫のように甘えてくるミファ。可愛いが俺にはエステルがいるんだと、鋼の意志で、しば

☆

ヒカゲが女子たちと揉みくちゃになっている、一方その頃。

勇者ビズリーは、体を引きずりながら、村の外へとやってきていた。

「チッ……くそ……くそが……」

ビズリーはヒカゲが起きる前に動き出していた。

体はだるい。まだ、動けるような状態ではない。だが、あそこには……ヒカゲの側には、いたくなかった。

「ビズリー殿ー！」

森の中を歩いていると、後ろから声をかけてくる少女がいた。

「てめえは……なんのようだ？」

少女ひなたが、ふうふうと肩で息をしながら、ビズリーに言う。

「お散歩でありますか？　なら、わたしがお供するでございます！」

「はぁ？　なんでだよ」

「だってまだ病み上がりですし……というかまだ寝てなきゃいけませぬぞっ！」

ニコニコしながら顔を近づけてくる。チッ……とビズリーは舌打ちをした。

なぜだか知らないが、彼女を見ていると、腹が立つのだ。

「どこへ行かれるのですかー？」

「うっせー、関係ないだろ」

「ありまする！　だってわたしはビズリー殿のお世話係でございますから！」

「そんなこと、頼んでねえ」

「ええ、頼まれてません！」

……どれだけ突き放そうと、彼女はついてきた。

どこへ行くのかとしつこく聞いてきたので、ビズリーは根負けして話す。

「ここから出て、遠くへ行くんだよ」

「それは……どうして？」

「……あのムカつく陰気なガキが、村にいるからだよ」

焔群(ほむら)ヒカゲ。勇者パーティの暗殺者。

パーティにいた頃は、とても弱く、卑怯(ひきょう)な攻撃ばかりしていた。

けれど追放後、なぜかとても強くなっていた。竜魔神を、倒してしまうくらいに。

「あのガキ、本当はあんな強かったんだ……それを、隠してやがって……くそっ！」

「んー？　何を言ってるのですか？　兄上は昔、弱かったですよ」

「兄……？　は？　おまえ何言って……」

と、そのときだった。

「ビズリー殿！　伏せて！」

ひなたがビズリーに飛びかかる。

ヒュンッ……！　と何かが素早く、ビズリーのいた場所を通り過ぎた。

「な、なんだっ？　魔物か⁉」

「いや違う……これは……」

ひなたが、地面に突き刺さったそれを見る。黒いナイフのようなものだ。

「これは……火影のクナイ……どうして……？」

クナイを手にしたひなたが、困惑したように首をかしげる。

ヒュッ、と死角となる場所から、同じものが投げられた。

「あぶねえ！」

とっさの行動だった。ひなたの眼前に、ビズリーが左手を突き出す。

「がッ……！」

「ビズリー殿⁉」

そこまで刃は深く刺さっていなかった。ビズリーはクナイを左手から抜いて捨てると、ひなたの手を引いて走り出す。

「なんでこんなことしてるんだ、おれは！」

やがて、森を抜けてやってきたのは、ヒカゲが根城にしている社の近くだ。

「くひゅひゅぅ～……こんな人気のない場所まで来て、バカなのかぁ～、おまえよぉ～」

すぅ……と木陰から現れたのは、黒装束の男だ。

「くちなわ殿！」

「んだよ、知り合いか？」

「火影の忍びのひとりでございます」

くちなわと呼ばれた薄気味の悪い男は、ビズリーたちに近づいてくる。

「いきなり何をするのでありますかっ？」

「お前を人質にしてヒカゲをおびき出す作戦だったんだが……とんだ邪魔が入ったな」

「兄上をおびき出す……おい、どういうことでありますか!?」

「グレン様から命令があったんだ。邪血を手に入れるために、ヒカゲを始末しろってなぁ……！」

くちなわが印を組む。

ずず……と茂みから、無数の蛇が現れた。

「蛇呪法！　ゆけ、蛇どもぉ！」

凄まじい速さで蛇が、ひなたに襲いかかる。

「くっ……！」

ひなたは印を組み、風を発動させ、蛇を吹き飛ばす。

「ビズリー殿！　あなただけでもお逃げくだされ！」

「バカ言うんじゃねえ。ガキは下がってろ」

ビズリーは仮にも勇者に選ばれし男。

事情はわからないが、この子が襲われているのは事実。

「くひゅっ。なんですか～、あなたは？」

「おれは勇者ビズリー。死にたくなかったら、下がりな外道（げどう）が」

「くひゅひゅっ。勇者～？　そんな弱そうなのに～？」

「ほざけ！　こい、聖剣よ！」

ビズリーは天高く手を伸ばして叫ぶ。

聖剣。職業が勇者であるビズリーだけが使える、魔を祓（はら）う聖なる剣。

ひとたび彼が声をかければ、たちどころにその手に剣が握られる……はずなのだが。

「くそっ！　なにしてやがる！　聖剣！　こい！　おいい！」

「ぷ……くっ……！　くひゃひゃひゃ！　こりゃあ傑作（けっさく）だぁ……！　おいおい勇者さまぁ～？
大事な聖剣どうしちまったんだよぉ～？　なぁなぁ～？」

いくら呼ぼうと聖剣が来ない。

「体が魔族になったからか？　それとも、もう、勇者の資格がないっていうのかよ」

近くに落ちてあった木の枝を手に取り、ビズリーは駆ける。

「うぉおおおお！」

「くひゅ？　結構速いじゃーん」

蛇を切って伏せて、くちなわに接近する。

「死ねゴラぁ……！」

だが攻撃が当たる瞬間、くちなわの体が、まるで蛇のごとくうねったのだ。

「なっ……⁉」

「蛇呪法は蛇を操るだけじゃない。体の性質を蛇のようにしなやかにもできるんだぜぇ。こんなふうになぁ！」

腕を鞭のようにしならせて振る。

それは高速で飛翔し、ビズリーの腹部を殴りつける。

「うげぇえええええ！」

吹っ飛ばされたビズリーを、ひなたが風で受け止める。

「大丈夫でございますか⁉」

「うっせえ！　逃げろつってんだろ、ガキ！」

ビズリーが乱暴に腕を振る。

「しかし……」

「おれはなぁ……！　てめえが、てめえの兄貴が大嫌いだよ！」

ビズリーはひなたを睨みつける。

「あいつはおれから全てを奪いやがった！　その妹なんだぜ、てめえは！　嫌いにならないわけがねえだろボケ！」

「…………」

泣きそうになるのを、ひなたはグッ……と我慢する。

「失せろ！　てめえの顔なんて二度と見たくねえんだ！」

ひなたは涙を堪えると、きびすを返して走り出す。

「くひゅぅ！　逃がすかよぉ！」

シュッ……！　とくちなわが腕を振ると、その腕がぐにゃりとゆがみ、瞬く間に伸びた。

「どこ見てるんだ、ボケがぁ！」

ビズリーは伸びた腕を受け止める。

「くひゅ……やるねぇ君」

「勇者なめんじゃねえぞゴラ！」

「くひゅひゅ、そっかー……でも残念」

ドスッ……！　と左脇腹に衝撃を感じる。

「腕は、二本あるからねぇ～」

手の先が蛇に変化しており、その顎でもって脇腹をかみつかれていた。

「ぐあ……！」

ビズリーはその場で膝をつく。

呼吸が速い。まるで熱病にかかったみたいだった。

「毒か……」

「くひゅっ、その通り。しかし君……勇者っぽくないよねぇ〜雑魚だし、さっきのあれ、女の子に声を荒らげてさぁ〜」

倒れ伏すビズリーの元に、くちなわが気味悪い笑みを浮かべながらやってくる。

「ひなたちゃん、かわいそ〜」

「……う、るせえ……」

「ま、いーや。目的は君じゃない。さっさとひなたちゃんを捕まえて〜……」

がしっ、とビズリーはくちなわの足を摑む。

「なに、君?」

「うる、せえ……おれは、勇者だ……」

たとえ、聖剣にそっぽむかれようと、女神に、仲間たちから見捨てられようと。

自分は、勇者である。彼はそう固く信じているのだ。

「意味わっかんねえ。とっとと死ねよ」

手を蛇の形に変える。

「致死量の猛毒だ。これで君はもうお仕舞いです。くひゅっ、ばいばーい！」

シュッ……！　と蛇の腕が伸びる。

だが、それは……瞬時に切り飛ばされた。

「だ、誰だ……ぶべっ！」

くちなわの顔面に、蹴りがたたき込まれる。

「……すまん、遅くなった」

ビズリーの前に立つのは、漆黒（しっこく）の髪を持つ小柄な少年、ヒカゲだった。

☆

俺はひなたに呼ばれて、急いで社（やしろ）へとやってきた。

すると、火影の忍者くちなわが、なぜかビズリーと戦っていたのだ。

「……おまえ、何してるんだよ」

どちらも、ここにいていい人間じゃなかった。

とりあえず傷ついているビズリーの治療をする。

「触るんじゃ……ねえ！」

バシッ、とビズリーが俺の手を払う。

「てめえが女とイチャこらしてる間に、クソ妹が死にかけたんだぞ！」

「……すまん」

「くそっ！　何が守り神だ！　おれは絶対認めねえから……な……」

ドサッ、とビズリーが倒れる。

「……ヴァイパー。治療を」

「承服しかねます。この屑はご主人さまの敵でございますよ？」

「……怒りを鎮めろ。俺の言うことを聞け」

「かしこまりました」

「……怒ってくれてありがとよ」

影の中にビズリーが沈む。あとは大賢者である彼女に治療を任せよう。

さて、俺はくちなわを見やる。

影探知によると、こいつからは生命反応を感じなかった。つまり、式神である可能性が高い。

だから、俺も、ヴァイパーの探知にも、サクヤの結界にも引っかからなかったのか。

……くそっ。ぬかった。

「ヒカゲはっけーん」

「……何しに来た、くちなわ」

「くひゅっ。邪血を頂戴しにきたに、決まってるだろぉ～？」

なぜ、海をまたいで向こう側にいる火影にも、邪血の存在が伝わっているんだ？

誰かが、意図的に流しているっていうのか……？

「大人しく邪血を差しだしなぁ、ヒカゲ～」

「……断る、と言ったら？」

「ぐひゅっ！　ぎゃははっ！　おいおい！　ヒカゲくーん。そぉんな態度でいいわけ？　殺しちゃうよ？　お？　殺しちゃうよぉ～？」

どうやらこいつ、里を出る前の俺と、今の俺が、同じだと思っているらしい。

「何その目？　腹たっつぅ。才能ないくせに、影呪法を持っているからってひいきされていた落ちこぼれが？　まさかおれっちに敵うとでも思ってるのぉ～？」

「……御託は良い。さっさとかかってこいよ」

侮ってくれているなら好都合だ。

「はい、死刑けってー！」

くちなわが腕を振る。ヤツの使う蛇呪法。蛇の性質変化。

腕を蛇に変えて、鞭のようにしならせながら、俺に一撃を食らわせようとする。

「ひゃっはー！　おれっちの勝ち～！」

「……いいや、負けだよ」

「うひゅ……？」

ぼとり、とくちなわの両腕が落ちる。

「ば、バカな⁉　いつの間にぃ⁉」

「……遅えんだよ」

俺は影転移で背後を取り、くちなわの腕を、影の刃で一刀両断したのだ。

「なんてスピード……くそ！　こんな力隠してやがったのか⁉」

過去の俺と比較していたから、目で追えなかったんだ。

俺を侮った時点で、こいつの負けだった。

「くそ……！　調子乗るなよ……こうなったら奥の手を……ぬぅううん！」

ずぉ……！　とくちなわの体から、膨大(ぼうだい)な量の【何か】が噴き出る。

「ぐ、うぐ、うぉおおおおおお！」

くちなわの体はみるみるうちに大蛇へと変化していく。

蛇呪法の終(つい)の型。俺の黒獣(こくじゅう)化と同じ……ではない。

「……なんだ？」

ヤツから湧き上がるのは、青い炎のような揺らめきだ。

『まさか貴様ごとき落ちこぼれに、【闘気】を使う羽目になるとはなぁ……！』

大蛇と化したくちなわが、俺に憎しみのまなざしを向けながら言う。

「闘気……？」

一度だけ、聞いたことがある。たしかベルナージュ戦のときに、彼女が言っていたはずだ。

「……闘気。闘気って、なんなんだ？」

『その身をもって死ぬがよぃいいい！』

ブンッ……！　と大蛇が尾でなぎ払ってくる。

俺はそれを刀で受け止めようとして……やめた。

ぞっ……と背筋に悪寒(おかん)を感じたのだ。攻撃が当たる前にバク宙して躱(かわ)す。

……それは、結果的に正解だった。

ずぉ……！　と、まるで一直線上に森の木々がなぎ倒されたのだ。

「！　これは……まるで……」

ベルナージュの一撃のようだった。

火影の忍びは、基本的にパワータイプは少数派だ。

異能を使った奇襲で、非力さをカバーする。

……はずだったのに、なんだ、この力は？

『ふはは！　どうだ恐れをなしたかぁ！』

大蛇が突進攻撃を仕掛けてくる。

俺はそれを飛び上がって躱し、体をひねって、影の刀で切りつける。

「…………」

刃は半ばで折れていた。まるで、鋼鉄を切りつけているような感覚。

おかしい。さすがに、おかしすぎる。

『くくぅ〜。ひかげぇ〜。どうだ？　闘気を身に着けた我ら新生火影忍軍の強さは〜？』

「闘気……そうか。おまえらの異常な強さは、闘気が原因なんだな」

『くひゅっ！　そういうことだ……死ねぇぇぇぇ！』

俺は目を閉じる。

ベルナージュの言葉を思い出す。

俺にも、闘気が宿っていると彼女は言った。

ベルナージュを前にして感じた、あの圧倒的な強者(つわもの)のオーラ。

それが、闘気の正体だとしたら……。

俺は体の中にある、【それ】に気づく。やり方は、わからない。ただ、それを魔力のようにひねり出して、放つ。

バシュ……！　と音ともに、大蛇の尾が消し飛んだ。

『なっ⁉　き、貴様も闘気を身に着けていたというのか⁉』

目を開けると、前に突き出した右手から、青い揺らめきが発生していた。

闘気を、使えたのか？

『くそっ！　これでは分が悪い！　撤退だ！』

しゅぅう……と大蛇の体から、湯気が発生する。

それはみるみるうちに縮んでゆき、わら人形へと変わった。

「……身代わり人形、か」

自分の意識を人形に移し、遠隔で操れる便利な呪具だ。

厄介なのは人形であっても同一の肉体を作れること。

だから終の奥義を使えたのだ。

「勝った……が。ギリギリだったな」

最後の一撃は、偶然闘気が使えたからよかったものの、下手したら死んでいたのは俺だ。

闘気。そんなものを、あいつらは身に着けているらしい。

魔神。ベルナージュ。火影。ヤツらに対抗するためには、俺にも必要となってくる。

「闘気……か」

☆

くちなわとの戦いを経て、俺は闘気の重要性に気づいた。

早急に身に着ける必要がある。だが闘気とはなんだろうか？

俺の中にあるものらしいが、使い方や原理がわからない。

ならばどうすればいいだろうか？

現状、手がかりは一つだけ。

魔竜神ベルナージュに話を聞きに行こう。

……その前に、急務となる結界の強化について、まずはサクヤの元へ行く。

「なんと、結界をくぐり抜けてくるとは。火影の忍びは手練れじゃのう」

「……データは採取した。ヴァイパーとも協力して新しい結界を開発しよう」

「そうじゃな。わしも新たな術式を考えておく」

村長のサクヤは結界師。

まじないを用いて外敵を阻む術に特化したまじない師（こちらでいう魔法使い）だ。

「また、新たな敵か」

「……ああ。すまん、今度は俺の故郷の奴らが相手だ。迷惑かけるな」

「おぬしが謝る必要ないじゃろう。それに相手が極東人とわかれば、対策の取りようもある」

にこっと笑って、サクヤが背伸びをしながら、俺の頭をなでる。

だが気分は晴れない。

俺がいなきゃ、ミファが火影に狙われることにならなかっただろう。迷惑をかけてしまった。

「そう難しい顔するな。わしはちーっとも迷惑だと思っておらぬよ」

慈愛（じあい）に満ちた笑みを浮かべて、サクヤは俺のことを抱きしめる。

「おぬしは今や大事な家族じゃ。子は親に迷惑を掛けるのが仕事のようなものよ」

「……サンキュー。おばばさま」

俺が前に出て戦えるのは、サクヤの結界が村人たちを守っているからこそだ。

前回の対魔王戦だって、俺不在時に攻められていたら、エステルを含めて村人は全滅し、ミファは奪われていたからな。

「ならヒカゲよ、感謝のしるしに、ちゅーしてほしいのぅ～」

にやにや、とサクヤが楽しそうに笑う。

「頑張っているおばばさまに、ちゅーしてほしいなぁ～」

「……いや、あの、それは勘弁してくれないか？」

俺にはエステルという、大事な恋人がいるんだ。

「よいではないか、ほれほれ、ちゅー」

ぐいぐいとサクヤが俺に顔を近づけてくる。

中身は悠久(ゆうきゅう)の時を生きる老婆(ろうば)とはいえ、見た目は麗(うるわ)しい少女のそれだ。

俺も男なので、ドキドキしてしまう……いかん！

エステルが、俺にはエステルがいるから！

「それとも、ほんとはわしに感謝してないのかの……？」

しゅん、とまるで捨てられた仔犬のように、うるんだ目を向けてくる。

「う……」

そんな目で見られると、断れないいじゃないか。

「……ほっぺたに、でいいか」

「うむ！　よいぞ！　かもーん！」

なんだ元気じゃないかよ。まあ、感謝の意を示すことも重要だしな。

これは浮気じゃない、浮気じゃないんだ。

俺はそう念じながら、サクヤのぷにっとした頬(ほお)に、軽くキスをする。

「くふふっ、顔が赤いぞヒカゲよ。うぶじゃのぅ～」

「……うるさい。それより、エステルには内緒だからな」

「だ、そうじゃぞ、ミファよ」

バッ、と俺が振り返ると、ミファが恨めしそうにこちらを見ていた。

「み、ミファさん……？」

「いーけないいんだいけないいんだー、姉さまに、言っちゃお」

ぷくっと頬を膨らませながら、そんなことをおっしゃる。

「……ま、待て。違うんだ。これには訳が。なあ、おばば様」

「許してくれ、ミファ。ヒカゲも男の子なのじゃ。若い衝動を抑えきれなくてな」

おいいいいいいいい。

「……違うんだ、誤解なんだよ」

「浮気男はどんな時代でも、同じセリフを言うのぉ～」

「おまえは黙っとけ！」

影でぐるぐる巻きにする。くそっ、サクヤのヤツ、めちゃくちゃ楽しそうな顔しやがって！

「……ミファ、決してやましいことはしてないんだ。ほんとだ」

「わかりました。姉さまには黙っておきます」

良かった、誤解だって信じてもらえたみたい。

「そのかわりにわたしにもちゅーしてください！」

前言撤回誤解が解けてない！

「いや、だから違うんだって……」

「ちゅーしてくれなきゃ姉さまに言っちゃいますよ？」

くそっ！　なんだこの状況は⁉

「わたしに、何を言うの？」

ガラッ、とふすまが開き、最悪のタイミングで、エステルがやってきた。

「どうしたの?」

「いや、あの……違うんだ」

「ヒカゲさまがおばば様にちゅーしたことを黙っている代わりに、わたしにもちゅーしてもらおうって話です!」

ビキッ! とエステルが固まる。

「……ち、違うんだ」

「う、うん、わかってる、お姉ちゃん、ひかげくんのこと信じてるから」

良かった、さすがエステル。どんなときでも、俺のことを信じてくれてる。

「一緒に騎士様のとこ、いこ? ちっちゃな子に無理にするのは犯罪なんだよ?」

「信じてねえええええええええ!」

結局誤解を解くのに、結構時間がかかったのだった。

☆

俺は神樹(しんじゅ)の祠(ほこら)の中にいる、ベルナージュのもとを訪ねた。

「おー! ダーリンよ! ワタシに会いに来てくれたのか? うれしいぞ!」

「……窮屈(きゅうくつ)じゃないか、そこ?」

「全然だな! むしろ空気がおいしくって過ごしやすいぞ!」

彼女はここに軟禁してもらっている。

現状、敵か味方が非常にあやふやな状況にある。

ミファが目的ではない、とはいえ、相手は魔神。人知を超えた存在だ。

いつ心変わりして襲ってくるかもわからない。

結界師サクヤと、大賢者ヴァイパーの合作である、最強の拘束結界の中で、大人しくしてもらっている。とはいえ完全に彼女を無力化することはできない。彼女から常に魔力を吸い続ける術式を構築した。力を常に半減させられている状態になるのだ。さらに、ここから出ようとすると、ベルナージュから吸い取った魔力を使って結界ごと消滅する。

やり過ぎといわれるかもしれないが、彼女を仲間と思えるほど、完全にはまだ信用できないからな。

「ところでダーリン、どうしたのだ？」

「……取り引きがしたい」

「取り引き？」

「……闘気について知っていることを教えてほしい。そうすればここから出す」

闘気がなんなのか知らないが、くちなわをあれほどパワーアップさせる代物だ。

俺が闘気を身に着ければ、不利になるのはベルナージュ。

不利を承知で教えてくれるということはつまり、こいつを信用してやってもいい。

よしんば教えたうえで裏切られたとしても、闘気でパワーアップした俺が斬ればいい。

相手が女で子供だろうと、始末しなければ、ミファたちを傷つけることになる。

俺は暗殺者、時には、非情にならねばならぬのだ。

「ダーリンは、優しいな」

「……どうした急に？」

「顔に出ているのだ。殺したくないって、ダーリンの思いが」

ベルナージュが微笑む。

「不思議な人間だな、おまえは。暗殺者のくせに、人殺しが嫌いなんてな」

「……好きでやっているヤツなんて、この世のどこにもいないだろ」

「……よし。わかった！　闘気をおまえに教えるのだ！　ただでな！」

なんだと……？

「教えてやるが、別にワタシをここから出さなくていい」

「……け、けどそれじゃお前にメリットないだろ？」

「損得の話じゃあないのだ。ワタシはおまえがいっとう好きになった。好きな男に尽くしたい、そう思うのは女として間違っていることか？」

竜魔神の真意は読めない。

だが彼女から邪気は感じなかった。

……信じてみよう。

「……頼む、レクチャーしてくれ」

「おうよ！　任せてくれダーリン！」

ニカッと笑うと、ベルナージュが断言する。

「おまえはさらに強くなる。闘気を身に着ければ、もはや人界に敵なしの、竜の婿（むこ）に相応（ふさわ）しい猛者（もさ）となるだろう！」

かくして、俺はベルナージュと修業することになったのだった。

☆

ヒカゲが新たな力を身に着けようとしている、一方その頃。

勇者ビズリーは、ふと目を覚ました。

心配そうに見下ろす少女の顔がそこにあった。

「良かった……！」

暗殺者の妹ひなたが、目に大粒の涙をため、ぎゅっと抱きついてくる。

「もう目覚めないかと思っていたのでございます……」

「んなわけねーだろ。おれを誰だと思ってやがるんだ」

くちなわとの戦闘の傷、および毒は、すっかりなくなっているようだった。

サクヤがまた治してくれたのだろうか。

「わしだけじゃないよ」

にゅ、っとサクヤが顔をのぞかせる。

ビズリーは驚いて、ひなたを突き放す。

「ヒカゲが毒を、影喰（かげく）いで吸い出していなかったら、今頃おぬしはぽっくりいっとったよ」

「……またあの野郎か」

暗殺者の少年に助けられたことが気に入らず、思わず顔をしかめる。

命の恩人であるとはわかっていても、彼に対する悪感情は、そう簡単に消えない。

「まあそう毛嫌いするでない。かつての戦友であろう？」

「友じゃねえよ。あんなヤツ」

「ほうほう。なら友達でもなんでもないヤツの妹を、おぬしはなぜ助けたのじゃ？　ん？」

目の前のひなたは、ヒカゲの妹だとあの場で聞いた。

憎い相手の妹を、しかし死ぬ危険を冒してまで助けたのは、なぜなのか？

「…………」

答えはシンプルだ。自分が勇者だから。弱者を助ける存在だからだ。

……しかし、以前のように自分のことを勇者だと口にできなかった。

あの時、聖剣は勇者（ビズリー）の呼びかけに応じてくれなかった。

つまり、自分は勇者ではないと証明されたにほかならず、ビズリーは落ち込む。

「そんなの、ビズリー殿が勇者だからですよ！」

ひなたが力強く、そう宣言した。

「弱い者のために体を張って守る！　それこそ勇者ではありませぬか‼」

自分を励ますように、ひなたが手を握って言う。

アイデンティティーを失ったところに、彼女が肯定してくれたことが、うれしかった。

「ビズリー殿は兄上同様、勇者でありますよ」

「……ちっ」

違う、と言いかけて、やめた。

あの黒髪の暗殺者が、ビズリーを守るために身を挺して戦ったのは事実。

竜魔神から村を守ったのもまたしかり。

まぎれもなく勇者の所業。だが彼を勇者と認めることはできなかった。

自分が勇者ではないと、自ら認めるような真似は、彼のプライドが許せない。

「……少し寝る。疲れた。出ていけ」

「では！　わたしが子守唄を歌いましょう！」

「うるせえ。とっとと出ていけ、クソガキ」

罵倒する言葉ではあったものの、しかしそこには、以前のような棘はなかった。

ビズリーは自覚していないだろうが。

「あの娘を好ましく思っているのか、坊主？」

「……うるせえ」

毒で死にかけた自分のそばに、ひなたはいてくれた。無事を喜んで泣いてくれた。

何よりも、自分を勇者であると認めてくれた。

聖なる剣から見放されても、助けた女からそう言われて、失いかけた自信を回復できた。

……言葉にはできなかったものの、震えるほどに、うれしかった。

ビズリーはそっぽを向いて言う。

「わしもひなたと同じ考えじゃよ。勇者は別に何人いてもいいじゃあないか」

サクヤは優しい声音(こわね)で、ビズリーの頭をなでた。

「……うるせえ。勇者はこの世でただ一人なんだよ」

魔王を倒したヒカゲこそが勇者であると、本能的な敗北感をビズリーは覚えていた。

勇者はこの世でただ一人だから、魔王を倒せなかった自分は、勇者失格であると。

「誰がそう決めたのじゃ？　誰が勇者と決める？　女神か？　わしは違うと思うがな」

「ああもう！　うるせえよ！　消えろよ！」

声を荒らげたときには、サクヤはいなくなっていた。

——誰がそう決めたのじゃ？　誰がそう決める？

「……くそ！　知らねえよ！　くそぉ！」

魔王も倒せぬ自分を、誰も勇者と認めてはくれないだろう。

——そんなの、ビズリー殿が勇者だからですよ！

たった一人の、少女を除いて。

☆

俺はベルナージュとともに、闘気の修業を行うことになった。

「ここは……？」

目の前には、見渡す限りの砂漠が広がっている。

幻術？　と思ったが、暑さや喉の渇きが妙にリアルだ。

「ここはワタシの【領域結界】内だ」

「領域結界……？」

「魔力で作った結界だな。自らにとって最も力を発揮できる異空間を、結界内部に作り出す。魔神たちはみな使える技能だぞ」

なるほど、俺の使う【影領域結界】と同じようなものらしい。

「おお！　おまえ誰にならうのではなく、領域結界が使えるのか！　すごいな！」

「……それより、闘気を教えてくれ。そもそもなんなんだ？」

「簡単にいえば、大自然に存在するエネルギーを、体内に取り込み、燃焼させ、爆発的な運動エネルギーに変える技術、もしくはエネルギーのことだな」

普段のアホっぽい言動は鳴りを潜めていた。

さすが戦いのプロ。戦闘にかけては真面目ってことか。

「……エネルギーを作るって言われてもいまいちよくわからんのだが」

「ワタシもうまく説明できんな。闘気を作り出すことは、魔神たちにとっては呼吸するのと同じくらい必須技能なのだ」

「……魔王は魔神だったんだろ？　よく闘気使えない俺が倒せたな」

「あれはワタシたちの中で最弱だったからな」

魔王クラスで最弱の部類なのか……とはいっても、俺は魔王と直接手を合わせたことはない。

剣鬼戦のあとに、黒獣となって一気に飲み込んだからな。

そうか、闘気をヤツが使う前に倒せたことは、ラッキーだったたかもしれない。

「言っておくがほかの魔神は羊頭悪魔のように間抜けばかりではないのだ」

そう何度も奇襲が通じる相手ではないか。

「……魔神と相対するためには、闘気が必須ってことか。人間が習得できるものなのか？」

「いや、基本的に闘気の扱いは人間には不可能なのだ。そもそも持ってないしな」

マジかよ……って、あれ？　おかしいな。

「……ならなんでくちなわは使えたんだ？」

「わからないのだ。が、抜け道はいくつか存在する。たとえば、魔神を食らうとかな」

「……魔神を、食らう？」

「魔神の血肉には闘気が満ちているからな。食えば闘気が手に入る。もっとも魔神を倒す作業がその前にあるのだ。難しいことこの上ないがな」

……ますます、くちなわが闘気を身に着けている理由がわからん。

闘気を使う前のあいつは、俺に完全に圧倒されていたしな。

考えてわかる類ではなさそうなので、これ以上はやめておくけど。

「おまえは魔王を食らったことで、体内に闘気が満ちている状態なのだ」

くちなわに放ったとっさの一撃、あれが闘気による攻撃だったのか。

「ワタシが教えるまでもないではないか？」

「……いや、使えたのはあのとき一度きりだ。しかも意識して使ったわけじゃない」

「なるほど……わかった！　では少々荒療治になるが、使えるようにしよう」

ベルナージュの体からプレッシャーを感じる。

「今から闘気をおまえの体に流す！　すると体内に眠る魔王の闘気が目覚め、一気に活性化しはじめるのだ！」

「……な、流すって……なんで拳を強く握りしめる？」

「そりゃ、流す！　殴ってな！」

「死ぬわ！」

「かもな！　だが正攻法で強くなれるとでも思っているのか？」

話を聞く限りでは、闘気を身に着けるためには、一朝一夕ではいかないらしい。

そもそも魔神固有の技術だ。

まともな方法で人間が身に着けられるわけがない。

……あまり悠長にしてられない。

邪血を狙う勢力は、今なお外にいるんだからな。

これで、死ぬかもしれない。怖くないわけがない。

だが、目を閉じると、エステルの笑顔。

ミファたちと楽しそうに笑っている。

あの人の笑顔に、俺は救われた。

卑怯者だと追放され、生きる意味をなくしていた俺を、救ってくれた彼女。

決めたじゃないか。彼女を守るために生きるのだと。

「……わかった。やってくれ」

「死ぬ覚悟ができた、ということなのか？」

「……違う」

ギュッと、拳を握りしめ、ベルナージュに突きつける。

「……俺は生きて帰る。この手でみんなを守るために」

ニッ、とベルナージュが笑う。

「よっしゃ！　まあ安心しろ！　死なない程度に加減する、いくぞぉ！」

風を、空間をえぐり取るような、強烈な一撃が向かってくる。

妙に、周りを静かに感じた。

音が消える。周りの景色が狭まる。

拳が、やけにゆっくりに見えた。……聞いたことがある。

死が迫る極限状態のとき、人は過去の記憶から活路を見出すため思考が超加速するという。

そう、死だ。手加減するとはいっても、もろに受ければ俺は死ぬ。

だから体が訴えているのだ、逃げろと、生きろと。

俺は無意識に、手で印を組もうとする。影に潜って回避する。

今まで通り、そんな姑息な手段を使って、生きる道を選び取ろうとする。

けれど……そのとき、俺の背中を誰かが押してくれた。

『防人様ー！』

村の女たちの声だ。

『ヒカゲ様』

ミファの声もする。そして……。

『ひかげくん、頑張って』

愛しい彼女の白く細い腕が、俺の手をきゅっと握ってくれる。

「…………」

いつもの俺ならここで逃げていた。けれど、やめた。

印をほどいて、両手を広げる。

ここで俺が強くならないと、大事な人たちを守れない。

竜魔神の拳が体に突き刺さる。

「がはっ！」

体が浮く。衝撃波が全身を伝い、細胞が悲鳴を上げる。

痛い、苦しい、体がばらばらになりそうだ。

「ぐ、あぁあああ！」

俺は唇をかみしめて耐える。痛いのは嫌いだ、死ぬのは御免だ。

けれど、大切な人を守る力が、この痛みの先にあるというのなら。

強くなるんだ、絶対。

生き延びるんだ、必ず。

砂漠の砂が爆風とともに巻き上がる。

……そして、砂嵐がやむと、俺は死んだ。

否、以前の俺は死に、新しい俺が誕生した、と言い換えてもいい。

「これは……」

体から湧き上がるのは、漆黒のオーラだ。

熱い。なんて体が熱いんだ。

内側から湧き上がるこの強烈なパワーはなんだ？

「おお！　すごい闘気の量だな！　竜に匹敵するレベルなのだ！　すごいのだ！」

抑えきれないほどの凄まじいオーラが、砂漠を覆い尽くすほどに溢れている。

これが、闘気。

「ワタシのマジの拳を受けて生きてるヤツは、初めて見たのだ」

ベルナージュの方が遠くで大の字になっていた。

俺の闘気が、竜魔神を逆に吹っ飛ばしたのだろう。

「……というか、おまえ加減するんじゃなかったのか？」

「わっはっは！　ま、でもおかげで闘気は目覚めたようだな」

こいつ加減とか知っているのだろうか……。

俺が覚醒しなかったら、確実に死んでいたぞ。

だが、まあ結果オーライだ。

「……おまえの闘気も、すげえな」

闘気に目覚めたことで、改めて、俺はベルナージュの脅威を思い知る。

燃えるような赤い闘気が、蒼穹へと立ち上る。

それはまるで太陽を貫くほどの、圧倒的な闘気。

「謙遜するな。おまえの闘気は覚醒直後でこれなのだ。鍛えていけばワタシなど軽く凌駕するだろう。すさまじい才能だ！　さすがダーリン！」

まだ、強くなれるのか、俺は。

この漆黒のオーラを我が物にし、手足のように自在に使えるようになれば……。

俺は、さらに強くなる。そしたら、彼女たちを二度と不安にさせないですむ。

「さぁいくぞ、ダーリン！　おまえを最短最速で、最強へと導く！」

ベルナージュが構えを取り、俺に言う。

「……ああ、いくぞ、ベルナージュ」

そのときすでに、彼女への警戒は薄れていた。

殺す気なら、とっくに殺されている。

彼女は純粋に強者との戦いを求めているファイターだと気づいた。

俺をさらなる強さの段階へと引き上げてくれようとしている。

「……全力で、強くなってみせる」

「おう！　魅せてくれ！」

今はただ、強くなることだけを、彼女たちを守れる力を手に入れることだけを。

思いを拳に込めて、竜魔神に叩きつけるのだった。

☆

ヒカゲが竜魔神と、闘気の修業をする一方その頃。

大陸の港に、一隻の大きな船が停まっていた。

所属不明の船は、しかし誰に注目されることなく、悠然と波に揺られていた。

それもそのはず、これには認識阻害のまじないがかかっているからだ。

乗船しているのは火影の忍びたちだ。

船長室にて、グレンを頭とした、忍びの幹部たちが集まっていた。

「くちなわよぉ、どうだったうちの愚弟は？」

グレンがニヤつきながら尋ねる。

「くひゅっ、やっぱ大したことなかったぁ～」

彼の顔にも余裕が見て取れた。

「でもあんた。負けたんじゃなかったの？　霊獣化して、闘気まで使ったっていうのに」

唯一のくのいち幹部が、くすくすと笑う。

「うるせえ【なめくじ】！　第一おれっちは負けてない！　分身人形が負けただけだ！」

火影の里に伝わる特別な人形だ。

呪力（魔力ともいう）を流せば、本人そっくりの姿に変わる。

力は数段落ちてしまうが、本人の意のままに、遠くから動かせるという代物。

肉体も刻まれた異能も引き継げるため、非常に使い勝手はいい。

「そんなに数が多くないんだから、無駄に使わせるなよ。あんな雑魚相手によぉ」

幹部たちは、ヒカゲに敗北したことで、くちなわを侮っていた。

そして何より、くちなわを使って、現状のヒカゲの強さの底が知れたことで増長していた。

「グレン様、これはもう勝ち戦でございますなぁ」

「確かにヒカゲは素の力で分身のくちなわを圧倒していました。しかし所詮は闘気すらまともに使えない雑魚。我らの敵ではないかと」

「くっくっく、そうだなぁ～」

くちなわは、いわば先遣部隊。

里を出る前のヒカゲは最弱だったが、成長している可能性もあった。

とはいえ先ほどの戦いで、彼が闘気を使えないことが判明。

焰群ヒカゲは恐れるに足りず。

それが忍びたちの出した結論だった。

「存外、邪血は早く手に入りそうだなぁ」

グレンは余裕たっぷりの表情で言う。

ほかの幹部たちも同意見の様子だった。

「くひゅっ、じゃあまぁ、おれっちが邪血を取ってくるぜ、グレン様」

くちなわが立ち上がって、ぐいっと伸びをして言う。

「おう。とっととヒカゲぶっ殺して女かっさらってこい」

「くひゅ！　りょうかぁい。別に女はなぶっていいんだろお？」

「ああ。重要なのは血だけだ。あとは好きにしろ」

彼は醜悪(しゅうあく)に口元をゆがませ、愉快そうに言う。

「おれっち、若い女と弱い者をいじめるのだぁいすき♡」

「やれやれ、趣味悪いったらありゃあしないよ。足をすくわれないようにね」

なめくじの忠告を、しかし鼻で笑って返す。

「このおれっちが後れを取るわけないだろ。こないだと違って本体が出向くんだからよぉ。最初から手加減抜きの全力で、あのガキを潰すぜぇ」

翌日、くちなわは奈落の森へ向けて出立する。

最後までヒカゲを侮ったままだった。

……恐るべき速度で、影使いの暗殺者が、さらなる強さを手に入れてるとは夢にも思わず。

☆

俺のもとにくちなわが現れたのは、修業開始から数日後だった。

奈落の森に流れる、小川の近くにて。

「くひゅひゅ！　よぉヒカゲぇ〜。元気かぁ〜」

くちなわの野郎が、余裕しゃくしゃくの表情で言う。

「そんなわけないか！　いつおれっちに殺されるんじゃないかってぇ、おびえて過ごしてたんだろぉ？　なぁなぁ〜」

闘気を使えるからだろうな。俺を完全になめていた。

自分がいつまでも強者であると、信じて疑っていないらしい。

『おめでたいやつですね。こいつは、奈落の森の守護者をなめすぎです』

ヴァイパーが影の中で、憐れみを込めて言う。

まあそう言うな。

向こうは俺が闘気を身に着けたことを知らないんだから。

「ヒカゲよぉ、降伏しなぁ。邪血をおとなしく差し出すっていうなら」

「……見逃してくれるってか？」

「いやぁ、あまり苦しまずに殺してやるぜぇ」

いずれにしろ最初からこいつは、俺を生かす気などサラサラない。

「……そうか」

「さぁ選びなぁ。邪血を差し出して苦しまずに死ぬか、否か」

「……断る」

「あ？」

「……てめえみたいな薄汚れたヘビ野郎にやるものは、一つたりともねえ」

俺は腰を落とし構えを取る。

「くひっ！　かぁっこぉいい〜。じゃま、とっとと死ねや！」

霊獣化を使用し、くちなわは見上げるほどの大蛇へと変化した。

『すげえだろぉ！』

手段はわからんが、ヴァイパーと同じように、誰かの力を借りて意識を保っているようだ。

だが、そんなことは本当にどうでもいい。

「……なん、だと？」

改めて、くちなわの体から放出される闘気を見て、愕然とする。

「……そんな、あり得ない」

『ぐひゃひゃ！　どうだぁ！　前回は分身人形とは違い、今回は数段パワーアップしてるぜぇ』

「……嘘だろ」

『くひゅー！　今更彼我の実力差に驚いても遅いんだよぉ！』

大樹のごときヘビの尾を、すさまじい勢いで、俺に向かって振る。

バキバキと、木々を砂糖菓子のように粉砕しながら尾が迫る。

『ひゃっはー！　終わりだぁあああ！』

衝撃とともに、木々がなぎ倒される。

「……誰が、終わりだって？」

『んなっ⁉　なんだとぉお⁉』

尾は、俺の隣にちぎれて落ちていた。

『バカな⁉　攻撃は当たったはず⁉　なぜぇ⁉』

「……今のが攻撃か？　そよ風かと思ったぞ」

『く、くそぉおお！』

ちぎれた尾を再生させ、何度も俺にたたきつけてくる。

闘気が込められた連撃。だが、俺の目には止まって見える。

自然エネルギーを取り込むことで、爆発的な運動力を手に入れる闘気術。

これを使うことで、数段上の速さで動ける。

動体視力すらも強化することができる。

『なぜだ⁉　なぜ当たらない！　速すぎるぞ貴様ぁ！』

「……おまえが、遅すぎるんだよ」

俺は一瞬で距離を詰める。

『転移か⁉』

「違う、ただ、跳んだだけだ」

懐に入り込んだ俺は、闘気を開放する。

『なんだそのバカげた闘気量はぁあああああ！』

ガタガタガタとくちなわが体を震わせる。

驚いた。

比較対象が魔竜神と俺しかいなかったから、ほかの闘気使いの総量は知らなかった。

開放したくちなわの闘気量の、あまりの少なさに愕然としたのだ。

『ま、待てヒカゲ！　落ち着こう！　話し合いをしようじゃあないか！』

「……なんだ、命乞いか？」

これだけの闘気をコントロールするのには、まだ少し手間取る。

『おれっちはグレンに言われて仕方なくやってるんだ！』

「……そうか」

『そうともヒカゲ！　だから、な⁉　見逃してくれよ！』
「……いいや、だめだ」
俺は闘気を込めた拳を、くちなわに叩き込んだ。
『うげあああああ！』
それは、小惑星が激突したかのような衝撃。
滔々と流れる小川の水が、衝撃で干からびる。
『さすがご主人さま！　闘気で強化されたくちなわを一撃で倒すとは！』
……実戦で闘気を使うのは、これで初めてだった。
改めて、闘気の恐ろしさに打ち震える。
人間の枠組みを超えた力。それが自分の物であることに驚き、戸惑う。
けれどそれ以上に、安堵する。
彼女たちを守る力を、手にしたんだという実感を、今俺は得た。
『ばかな……ありえない……ヒカゲ……おまえ、なにしやがった？』
頭部だけとなったくちなわが、恨めしそうに俺を見上げて言う。
『ど、どうせおまえも！　魔神の血肉をわけてもらったんだろ⁉』
……なるほど、ベルナージュの推測通りか。
火影と通じている、魔神が存在するのだ。
『正直に白状しろ！』

「……別に。ただ、修業しただけだ」

『そんな！　たった数日でここまで強くなるなんて……化け物か貴様ぁ！』

確かに、異様な飲み込みの早さだとベルナージュは言っていたな。

『くそ……この、おれっちが……ヒカゲごときに負けるなんてぇ……』

「……俺を以前のままの、雑魚暗殺者と侮ったのが敗因さ。俺はもう暗殺者じゃない」

くちなわを見下ろして言う。

「俺は、奈落の森の防人だ」

俺は影喰いを発動させ、くちなわを取り込む。

敵の体にあった闘気が、俺の中に流れ込んでくる。

——良いぞ。良いぞ！　殺せ。殺せ！

闘気を身に着けてからか、幻聴がよりはっきり聞こえるようなった。

これは、俺のうちにある本能の声なのか。

あるいは、別の何かなのか。……そんなのはどうでもいい。

「……これで、みんなを守れるなら、それでいい」

☆

ヒカゲとくちなわの戦いを、シュナイダーはネズミの目を通して見ていた。

「実に見事ですよ、ひかげ君！」

場所はドランクスの研究所。

優雅に足を組んで観戦していたシュナイダーは、惜しみない拍手を送る。

「数日でここまでパワーアップしてみせるとは！　やはり、私の目に狂いはなかったですね」

「きししっ☆　嬉しそうですねぇ」

「ええ。神を殺すに相応しい才能の器であると証明されたわけですからね」

魔竜神に匹敵する闘気量。

数日で闘気を自在に使えるようになったこと。

「確かに、並みの人間ではどれもできぬことですなぁ」

ドランクスは、何かを言いたくて仕方がない、というふうに、体をソワソワさせる。

「彼の成長の秘密を、解き明かしたのですか？」

「聞きたい？　ねえねえ、シュナイダー様聞きたい～？」

「ええ、ぜひに♡」

ぱちん、とドランクスが指を鳴らすと、中空にヒカゲの戦闘シーンが映る。

「ヒカゲ君の使う影呪法と、闘気を操る術というのは、実は本質的に同じなのですよぉ」

影も闘気も、どちらも形のないもの。

ヒカゲは生まれてから今日まで、その形なき影を自在に動かしてきた。

「影と同じ要領で、闘気もまた手足のように扱えるようになった、というわけですか」

「そういうこと☆　ま、あの尋常ならざる闘気量の理由はわかりませんが」

あくまで闘気を操る訓練を、子供の頃から意図せず行っていただけ。

しかしそれだけでは闘気量の多さには説明がつかない。

「おそらく黒獣が関係してるのではないですか？」

「！　なるほど……きしし！　これはますます興味深いですねぇ☆」

シュナイダーは満足げにうなずく。

ヒカゲは、彼が探し求めてきた、神を殺しうる器だった。

すべてを食らい、すべてを殺す、黒き暴虐の獣。

「彼を手なずけることができれば、いずれ本物の神を殺す領域に至るでしょう」

うっとりしながら、シュナイダーは呟く。

「なぜそこまで神殺しにこだわるのですかぁ？」

「端的に言えば、我ら魔神が本物の神ではないからです」

魔神とは、魔物が長い年月をかけ、神に匹敵する力を得た存在をいう。

だが結局は本物の神には到底及ばない。

「神など存在するのですかぁ？」

「ええ、いますよ。忌々しいことにですがね」

十二柱の魔神たちは、自分たちを凌駕する神々には、勝てないとあきらめている。

だが、シュナイダーだけは違う。彼には野望があった。

「さぁ、ひかげ君。もっと強く成長してくれ。神すら食い殺せるくらいの獣にね」

☆

俺はくちなわとの戦闘を終えたあと、サクヤの村へ戻ってきた。

神樹の祠(ほこら)を訪れ、ベルナージュの元へと向かったのだが……。

「やん、あっ、だ、だめよ……あんまり強く揉(も)まないで……」

竜魔神が封じられている部屋に、ベルナージュの他に、エステルもいた。

背後から胸を、なぜか揉まれている。

「ほうほう、でかいな！　それになんだこの……柔らかいな！」

ぐにぐにと、まるでスライムのように変形する大きな乳房に、俺は思わず目線が釘付けになってしまう。

五指が柔肉に深く沈んでいくたびに、ぴくっ、ぴくっ、とエステルが体を痙攣(けいれん)させ、甘い吐息をつく。

「やぁ……やめ……んっ」

「これはとても良いおっぱいだな！　吸ってもいいかっ？」

「だ、だめよ……これはひかげくんだけの……あ」

バッチリと、俺と目が合った。

耳の先まで真っ赤に染めると、ぶるぶると首を振る。

「ち、ちがうのよひかげくん。これは違うの！」

目をグルグルと回しながら、顔を真っ赤にするエステル。

「お、お姉ちゃんの初めてはひかげくんにあげるって決めてるの！　だから誤解なの！」

「……わ、わかってる。エステル。大丈夫だから。落ち着いてくれ」

「ふぇ…………？　～～～～～～～！」

自分の発言の意味に気づいて、エステルは羞恥で顔をさらに真っ赤に染める。

「おまえたち、番なのか？」

ベルナージュが不思議そうに言う。

「そ、そうよ。恋人同士よ」

「ならもう交尾は済ませたのか？」

「「…………」」

俺もエステルも、うつむく。

こ、こ、交尾って。そんなことをおおっぴらに言うなよ。

でも……そうか。こいつは人間の幼子に見えて、その実、俺より長く生きている竜の化身。

貞操観念も、価値観も、俺たちとは異なるのだろう。

「なーなー交尾したのかー？　もがが っ」

俺はとりあえず、影の触手でベルナージュの口を塞いで黙らせる。

「な、ナイスよひかげくんっ」

ふーふー……とエステルが深呼吸して気を静める。

竜魔神にもみくちゃにされ、彼女は汗ばんでいた。しかも服がはだけて、その白い乳房が覗く。え、エロい……。

「も、もうっ。ひかげくんのえっちっ」

「……ご、ごめん」

バッ……と俺たちはお互いに目線をそらしてしまう。俺にとって大変刺激の強い映像だった。ただでさえエステルは魅力的な体つきをしている。一緒によく寝るときも、しばし悶々として眠れないほどだ。

「……嫌だったよな」

「そんなことはないよっ。嫌じゃなかったわ！」

「そ、そう……」

「そうです。ひかげくんを嫌になるところなんて一つもありません。全部が大好きだもの♡」

……ああ、彼女の蕩けるような笑顔に、俺は何度救われただろうか。

俺たちは互いに見つめ合う。

彼女は微笑み、俺はそんな彼女の、美しい青い瞳をながめる。

「ン？　交尾か？　するのか？　ワタシは退散した方がいいかー？」

「「その気遣いはいりませんっ」」

ややあって。

「ベルナージュちゃんにお夕飯持ってきたのよ」

「おまえ、料理上手だな！　めちゃうまだったのだ！」

子猫のように、エステルの乳房に頬(ほお)ずりする。

「……なぜ胸を触る？」

「ワタシは母のぬくもりを知らんからな。こういうものなのかと味わっていたのだ」

「そ、そうだったんだ……ごめん、辛(つら)いこと言わせちゃったね」

エステルは申し訳なそうな顔で、竜魔神の頭をなでる。相手が魔神であっても、境遇に同情してあげられるのが、彼女の美点のひとつだろう。

「気にするな！　もう大昔のことだからな！　気にしていない！」

「そっか。強いのね、べるちゃんは」

微笑みながらベルナージュの頭をなでる。

「べるちゃん、だとぉ！」

柳眉(りゅうび)を逆立てて、肩をわなわなと震わせる。

「うん、ベルナージュちゃんだから、べるちゃん。どうかしら？」

ごごご……と竜魔神の体からオーラが漂う。

小娘に見えて中身は竜で魔神だからな。

人間みたいな扱いをされて、かんに障(さわ)ったのだろうか。

「それすごく……いいな！」

ぎゅっ、とベルナージュはエステルの体に抱きつく。

「ワタシ、誰かにあだ名で呼んでもらったの、初めてだぞ！　うれしいな、これっ！」

「よしよし、べるちゃんよしよし」

ベルナージュはすっかり、なついたらしい。

「ところでヒカゲ、何をしに来た？」

エステルに抱きつきながら尋ねる。

「……お礼を言いにきた。お前のおかげで、くちなわを撃破できたよ」

ベルナージュとの特訓がなければ、火影の忍者に敗北し、村は蹂躙されていただろう。

「何を言ってるのだ？　倒したのはお前自身ではないか」

「……闘気が使えなきゃヤバかったからよ。教えてくれてサンキューな」

「ほめられたー！　えすてる、ワタシほめられたぞー！」

「そっかぁ、良かったね～♡」

「うん！」

エステルのくびれた腰に抱きついて、わしゃわしゃと、その胸に頬ずりをする。

ぐにょぐにょと形を変える乳房が……って、いかん！

あんまりジッと見ていたら、おっぱいにしか関心がないやつって思われてしまう。

「ヒカゲは、むっつりだな！」

「…………」

くそっ、何も言い返せない。

「えすてるは良いのか？　ひかげがむっつりで？」

「男の子はちょっとむっつりなくらいのほうが、可愛いじゃない♡」

エステルに子供扱いされてしまった……。

彼女は俺より年上で、背も高いとはいえ……俺も男だ。

惚れた女には、強がっていたいんだがな。

「確かにヒカゲは可愛いな！　さすがワタシのお婿さんだ！」

「お、おおおおお婿さんー⁉」

目をひんむいてエステルが叫ぶ。

あわあわと動揺している彼女に、ため息をつきながら、俺が言う。

「……エステル、気にするな。こいつの戯言だ」

「だ、駄目だよ！　ひかげくん、こんな小さな子と結婚したら犯罪だよっ」

ツッコむところそこかよ……。

「……だから冗談だって。真に受けるなよ」

さておき。

「……すまんなベルナージュ。こんな結界に閉じ込めちまってよ」

俺は影の領域結界を解く。

「気にするな。その気になれば抜けられたぞ、こんなの」

あっけらかんと、竜魔神は笑顔で言う。

「……じゃあなんで逃げなかったんだ？」

「おまえが本気でワタシを閉じ込め、殺す気はないと気づいたからな」

どうやら、気づかれていたみたいだ。

「おまえは不思議だな。殺しを生業にしてるくせに、おまえの魂は殺しを嫌っている」

「……ああ。この暗殺の力は、誰かを守るために使う技術って、遠い昔、大事な人に教えてもらったからさ」

エステルを見やると、彼女は微笑み返してくれた。

教えてくれたのはこの幼馴染みの少女だ。

殺すための力じゃなく、悪鬼から人を守るための力。

だから、殺しはしたくない。

「ワタシはおまえがますます欲しくなったぞ、ヒカゲ！」

にこーっと笑って、ベルナージュが俺に飛びつく。

未成熟とはいえ、密着すると柔らかい肌の感触がする。

「……いや、誰のものとかないし」

「おまえたちは番だったな。よし！　ならヒカゲをゲットすれば、自動的にエステルもワタシのものとなるわけだな！　みんな仲良く暮らそう！　わっはっはー！」

殺す気で結界を張らなかったのは、彼女の魂が穢れてないように思えたからだ。

予想通り、悪いやつではないみたいだと、俺はそう思ったのだった。

☆

ヒカゲが恋人とともに、竜魔神と戯れている、一方その頃。

火影の忍者たちは頭を付き合わせ、ヒカゲについて話していた。

「くちなわが、戻ってこないだと？」

口火を切ったのは、彼らの長たる青年グレンだ。

「あのばか、油断するなって言ったのに。やれやれね」

くのいちの【なめくじ】が、呆れたようにため息をつく。

「で、どうするよ、グレン様。くちなわがやられて」

「ンなもん変わらねえよ。力ずくで奪うのみ」

他の忍びたちも同意見のようだった。

「ただ、念には念を入れて、おくか。【なめくじ】。【かまきり】。【すずめばち】。おまえら三人で行ってこい」

指名された三名の忍びたちは、侮るように言う。

「へっへっへ。グレン様ぁ、さすがに過剰戦力ですぜぇ」

体中にクナイをぶら下げる男、かまきり。

「我ら火影の忍びは、一騎当千の猛者。それを三人も投入するなんて、なぁ姐さん？」

ド派手な黄色いストライプの忍び装束に身を包む、すずめばち。

「おまえたち、グレン様の決定に意見するつもりなのかい？」

冷たい目で二人を見下ろすのは、大柄なくのいちのなめくじ。

「そ、そういうわけじゃないですって……へっへ、了解です」

「まとめて挑んで、ちゃちゃっと倒した方が楽か～」

すずめばちが頭の後ろで手を組んでのんきに言う。

「では、グレン様。この三名で行ってまいります」

なめくじは恭しく、グレンの前で頭を垂れる。

「おう。くちなわみたいなヘマはするんじゃあねえぞ」

「ご心配なく。ヒカゲごとき相手に後れを取ることなんて、１００％あり得ません」

☆

俺の元に、火影からの第二の刺客が現れたのは、数日後のことだった。

「……てめえらか」

見覚えのある忍びたちだった。

なめくじ。かまきり。すずめばち。

どいつもグレン直下の暗殺部隊の部隊長たちだ。

つまり、グレンは邪血を狙っている。邪魔である俺を排除しようとしてる訳か。

「坊や、大人しく邪血をわたしなさいな」

着物を着崩しているくのいちのなめくじ。

「……断る」

「おいてめぇぇ……雑魚（ざこ）の分際でわれらに刃向かうつもりかぁ……？　バカなヤツぅ～」

小柄なクナイ使いのかまきり。

「どうやらこのバカがきにゃ、口で言ってもわからねーみてーだぜ、姐さん」

忍びのくせに、派手な衣装に身を包んだすずめばち。

彼らもまた、くちなわ同様、異能をその身に宿している。

俺よりも、格上の暗殺者たち。

それも三名一緒になってやってきたら、当時の俺なら逃げ出していたかも知れない。

だが、俺は変わったんだ。

「……暗殺者が、なにぺちゃくちゃお喋（しゃべ）りしてる？　寿命（じゅみょう）を少しでも延ばしたいのか？」

全員の顔色が変わる。

本気で俺を殺すという固い意思が、殺気を通じてひしひしと伝わってきた。

彼らの体から闘気が吹き荒れる。

やはりくちなわ同様、火影側にくみする魔神が存在し、闘気の力を与えているのだろう。

「溶けて朽ち果てるがいい！」

バッ……！　となめくじが手を上げる。

すると天上から、無数の蛞蝓が降り注ぐ。

『ご主人さま。あれ一匹一匹が強力な酸の化け物。闘気で強化されているようです』

ヴァイパーが鑑定結果を教えてくる。

絶え間なく降り注ぐ蛞蝓は、まるで酸性雨のよう。

木の枝に留まれば生い茂る葉っぱが枯れ、地面に落ちれば大地が酸で死んでいく。

「この蛞蝓の雨の中で、果たしてぼくちんたちの攻撃をかわせるかなぁ……⁉」

かまきりとすずめばちが二手に分かれて、回り込むようにして接近してくる。

『蛞蝓が味方に当たらないよう操作してるのですね。地味ですが高い技量の持ち主かと』

なめくじが足止めしている間、かまきりとすずめばちによる挟撃。

あいつらの必勝パターンだ。

だが俺は回避することなく、二人を待ち構える。

「「死ねぇえええ！　出来損ないぃいいい！」」

左右からの挟撃。目で追えない速度だ。……前の俺ならな。

両腕に衝撃が走る。風圧で木々の枝が嵐の中のように激しく揺らぐ。

俺は左右からの攻撃を、片手でそれぞれ受け止めた。

「なっ……!?　そんな……受け止めるだと!?」

「しかもなんや！　くっ！　びくともせーへん！」

闘気で強化した腕力なら、侮っているこいつらの攻撃など、片手で十分受け止められる。

「ちょ、ちょっとあんたたち！　何を遊んでいるの！　さっさと殺して！」

「わ、わかってるんやけど……くっ！　このっ……！　おいかまきり！　とっとと殺せ！」

かまきりが印を組み、異能を発動させる。

体に巻き付いていた無数のクナイが、いっせいに動き出す。

空中でそれぞれが高速で、それでいて複雑な軌道を描く。

「なるほど、刃物限定で動かすサイコキネシス能力なのですね。しかも刃には防御を無効化する呪いが付与されている。確かに強力な異能ですね」

「おらぁー……！　死ねゴラぁー……！」

機関銃のごとく、俺に刃が雨あられと降り注ぐ。

「……で？」

「そ、そんなバカなぁ……!?　全部受け止めるだとぉ!?」

俺の体から立ち上る黒いオーラから影が伸びていた。

それは空中で無数の触手となって刃を、そして蛞蝓を絡め取る。

「闘気を影に変えることで、体のあらゆるところから影攻撃ができるようになったのです。さすがご主人さまです」

俺の異能【影呪法】はその性質上、足下からしか発動しない。

だが闘気を影に変えることで、こうしてより柔軟な影の使い方ができる。

「闘気の性質変化だと!? あり得ないわ！ だって長い長い修練が必要だって、あの魔神も言っていたのに……」

やはり魔神の存在がバックにいるみたいだ。一人くらいは捕まえて尋問するべきだろうか。

「それならご主人さま、あの女にしてくださいまし」

ヴァイパーが興奮気味に言う。

……ちなみに、なんでだ？

「わたくし、ああいうムカつく女を屈服させるのがだぁいすきですの♡」

……被虐も加虐もいけるとか、マルチタイプのド変態だなこいつ。

「……片付けるぞ」

「かしこまりました」

闘気を練り上げて、影を無数の針へと変える。

針山は蛞蝓とかまきりを串刺しにした。

「くそがっ！ これでもくらえぇ！」

すずめばちの体が毒々しい色へと変化する。

触れている俺の右腕もまた、同じ色に染まっていく。

「……毒か」

「触れているものを全て猛毒に変えるようですね。……もっとも、そんなものはご主人さまに通用しませんが」

「なんやねん！　なんできかへんのやぁ……！」

右手に闘気を集中、そして影呪法で、右腕だけを黒獣のそれに変えていたのだ。

「部分的な黒獣化。完全に変化するより、一部を変えることで、自我を保ったまま黒獣のパワーを扱える。さすがご主人様、素晴らしいアイディアです」

すずめばちの毒は対人用の毒だ。

人外の化け物である、黒い獣には通用しない。

そのまま、右腕を黒獣の顎へと変化させる。

「いやぁあ！　やめぇ……やめてぇえ！」

情けない声を上げるすずめばちを、黒獣の顎で頭からかみつく。

「ば、ばけものぉお！」

左手を黒獣に変えて、かまきりの頭を、影喰いする。

織影で自分の影を、無数の小刀へと変化させた。

かまきりの異能を用いて、その小刀を自在に動かす。

「……蛞蝓が封じられれば、おまえは非力な女に過ぎん」

へたり込むなめくじの元へと、俺は近づく。

「は、話し合いましょう！　そ、そうだ！　あたしをあなたの女にしてくれないかしらぁ」

なめくじが俺の足にすがりついて、猫なで声で言う。

「グレンなんかよりあなたの方が何千倍も男前よぉん。ねーえー、あたしを」

「……いらん。食え、ヴァイパー」

俺の足下から、ダークエルフの女が出現する。

「ごきげんよう」

にぃ……と彼女は嗜虐的な笑みを浮かべる。

「あ、ああ……」

彼女は瞬時に悟ったのだろう。この後に訪れる運命を。

「そして、さようなら」

「ひっ、い、いや、いやぁあああ！」

ヴァイパーはなめくじを羽交い締めにすると、影の下へと引きずり込む。

「……方法はお前に任せる。その女から情報を引き出せ」

「かしこまりました！　さぁお嬢さん、たぁっぷり可愛がってあげますわよぉ～……♡」

……影の中でどうなっているのかは知らん。

だがヴァイパーが上手いことやるだろう。

「……ふぅ」

火影の忍び三名を同時に相手して、無傷か。

かなり成長している気がする。上出来だ。

……だが、胸の中に、黒い靄がかかっているような気がする。

それを振り払うようにして首を振り、俺はその場から転移するのだった。

☆

暗殺者ヒカゲが、火影の忍者を相手に快勝した、一方その頃。

勇者ビズリーは、その戦いっぷりを見ていた。

「…………」

サクヤから借りた、遠くを見通す鏡を手にしている。

先ほど森に襲撃をかけてきた暗殺者三名を、ヒカゲは恐るべき手際で始末してみせた。

「……強え」

ビズリーの口から漏れ出たのは、黒髪暗殺者への、純粋な賞賛の言葉だった。

火影の暗殺者たちは、決して弱くはなかった。

ビズリーの元勇者の勘では、あの三名がそれぞれ、剣鬼以上の強さを持つ。

それを、たった一人で、容易く倒してみせた。

「ああ、強いよ。クソが。認めたくねえが、おめえは強えよ……」

竜魔神、火影の忍者たち。強者たちをことごとく相手し、下してきた。彼が異次元の強さを身に着けていることは、認めざるを得なかった。

「……なのに、どうしててめえは、そんな浮かない顔してやがるんだよ」

鏡に映るヒカゲは、雨季の空のように暗い。それは雑魚相手に満足な蹂躙劇を演じられなかったから……という、傲慢さからくるものでは決してない。

彼は、現状に満足していない。強くなってなお、強さを求めている。

「………………」

女神から勇者に選ばれて、強い力を手に入れ、それで増長していた自分が恥ずかしかった。

あの程度の力で何を喜んでいたのだろうか。

ヒカゲはビズリーを上回る力を身に着けて、なお思い上がらない。貪欲に力を欲し続け、淡々と敵を倒していく。でも、勝ったことで過剰に喜んだりしない……その、静かな強者のたたずまいを間近で見せられ、考えをあらためさせられる。

「くそ……なんだってんだよ……おめー十分強いじゃねえか！　それで十分じゃねえか！　くそ！　それ以上、なんで強くなろうとするんだよ……」

遥か先頭を、全速力で走るヒカゲのイメージが脳裏をかすめる。

追いかけても、追いかけても。必死になって手を伸ばしても……その手が彼の背中をかすめることすらない。

これが、真の勇者の姿なのだろうか。

「……おれは認めねえぞ、ヒカゲ」

彼の強さを認めはする。だが彼は決して、ヒカゲが勇者であるとは、認めるつもりはない。

「……勇者が、人を救っといて、そんなうかねぇ顔してんじゃねえよ、バカが」

ヒカゲはいつだって笑わない。勇者パーティに所属しているときからそうだった。

笑っている姿も、喜んでいる姿も、彼は他人に決して見せない。

淡々と自分に与えられた仕事をこなし、自分の行いに対してなんとも思わず、次の仕事へと取りかかる。

なるほど、暗殺者としては優秀なのかも知れない。

だが、勇者としては不適格だ。

「おめえなんて、勇者じゃねえ。勇者は……ただひとり、このおれなんだ」

と、そのときだった。

——良いぞ。その驕り。実に馴染む。

「だ、誰だ!?」

周囲を見渡すも、しかし部屋の中には誰もいない。

——怒りの炎を燃やすがよい。その身が焼かれて滅びるまで。燃やせ。燃やせ。炎を燃やせ。

「ぐっ……！」

がくん、とビズリーはその場に膝をつく。

体が熱い。まるで、爆発してしまいそうだ。

必死になって、内なる【なにか】の暴走を治めようとする。

だがヒカゲに対する悪感情が、炎となって胸の内を食い破ろうと暴れる。

「くそっ！　くそっ！　くそっ！」

ボッ……！　と黒炎が、自分の寝ていた布団を焼く。

「な、なんだよ、これ……」

愕然と見つめるしかない。その炎は熱くない。だが、布団はみるみるうちに消えていく。灰すら残らず、黒い炎は対象を焼いた。

自分の体の中で生まれた変化を、しかしビズリーは素直に喜べなかった。

かつて、魔王軍の一人に捕まり、異形の化け物へと改造された経験。あのときと、今の自分が重なってしまう。

「いらねえ……いらねえよこんな力……！」

理性を失い、手当たり次第人を傷つけたという、消せない罪の意識が彼を追い詰める。

だが思い悩めば悩むほど、体の中の炎の熱さは増していくように思えた。

――怒りに身を委ねよ。さすれば、貴様はまた、魔を討つ存在へと、舞い戻れるだろう。

それきり、内なる声は聞こえなくなった。

黒い炎の幻影が脳裏にこびりついている。

あの力があれば、遙か先を走るヒカゲに追いつけるかもしれない。

真の勇者に、なれるかもしれない。

だが、どうしても、内なる炎に、怒りをくべることはできなかった。

……一人孤独に、刃を振るう、勇者不適格な少年の姿が脳裏をかすめたからだった。

☆

ヒカゲがなめくじたちを討伐した、一方その頃。

グレンは船の中で腕を組み、船室を見回す。

「なめくじたちが、帰ってこねえ……」

くちなわに続き、三名の忍びたちが帰ってこなかった。

定期連絡も途絶えた。

考えられる可能性は、二つに一つ。

三名の忍びが裏切って、グレンのもとを離れた。もう一つはあってはいけないことだが、ヒカゲが倒した。

グレンは、両者を天秤にかけ、最も可能性の高い選択肢を選び取る。

「あの野郎ども、忍びを抜けやがったな……」

そうでなくては困るのだ。なぜなら、もし離反が正しくないとなると、ヒカゲが予想以上に強化されていることになる。

「ありえない……そんなことがありえていいはずがねえんだ……！」

「グレン様のおっしゃるとおりじゃろうなぁ」

同意するのは、顔中イボだらけの老人【がまがえる】。

「ヒカゲは我ら火影の里の落ちこぼれ。そんなヤツが多少、年月が経ったくらいで、我らを凌駕するなどあり得ない話ですゃ」

残る忍びたちも、がまがえると同意見らしい。

「そう、か……そうだよなぁ」

グレンは内心の不安を、首を振って振り払う。

出来損ないの弟が、急激な成長を遂げているわけがない。

……愚かな兄は、そう信じてしまったのだ。

弟の成長を認めてしまうことは決してできない。

なぜなら自分より弟の方が優れているという事実を受け止めなければならぬからだ。

「よし、がまがえる。残りの幹部と忍びどもを連れて、ヒカゲの息の根を確実に止めてこい」

「ひひっ……！　良いのですかな？　わしが本気を出しても……？　大事な弟は、死んでしまいますぞぉ～？」

凶悪極まる笑みを浮かべる。

「構いやしない。おれの目的は邪血だ。ヒカゲは殺せ」

「ひひひっ……わかったですじゃ……。では、吉報をお待ちくだされ」

がまがえるたち忍びが、音もなく消える。

「…………」

配下の前ではああ言ったものの、一抹の不安が拭えないのも事実。

「バカな。そんなことありえやしねーよ……」

グレンは甲板に出る。

潮風が彼の長い髪をバタバタとたなびかせる。

突然、海面から、二匹の水竜が顔を覗かせる。

『グァアアアア……！』

ここは海の上とはいえモンスターは出現するのだ。

水竜は、Aランクの竜種。

翼も足もない代わりに、水辺では無類の速さと強さを持ち合わせる。

モンスターたちはいっせいに、エサであるグレンに飛びかかった。

船は破壊され、グレンは水竜の腹の中へと向かって落ちていくかに思えた、そのときだ。

「残念」

バチュンッ……！　と音とともに、水竜の体はバラバラに切り裂かれ、海へと落ちていった。

壊れたはずの船は直り、さらにグレンは一切傷を負わず、船の先端に立つ。

「うみへびごときが、おれを食えると思ったら大間違いだよ」

海面に浮かぶ竜の亡骸を見て、吐き捨てるように言う。

「そうだ、おれは強い……ヒカゲよりも遙かに。火影はてめえなんぞより何十倍、何百倍も強いんだよ……！」

グレンは印を組み、異能を発動させる。

がまがえるたちに持たせた【目】を通して、彼らの戦いっぷりを観戦することにした。

「なっ⁉　ど、どうなってやがる。これは……⁉」

グレンが見たのは、ヒカゲによって、一瞬で亡骸に変えられた、がまがえるたちの姿だった。

「なんて……スピード……それにこのパワー……もしや……闘気を……？」

そのとき、ギロリッ！　とヒカゲが、【目】を通して、グレンを睨みつけてきた。

「…………」

思わず、体がこわばる。

ヒカゲがこちらを見たのは、最初、偶然かと思った。

だが彼はハッキリと、グレンを目で捉えてつぶやいた。

『……待ってろ。すぐ行く』

一瞬で【目】が潰され、映像が途切れる。

じわりと、グレンの手に汗が浮かぶ。

「上等じゃねえか！　いいぜヒカゲ！　かかってこいよ！　蹴散らしてやるぜぇぇ……！」

大海原にグレンの声が、虚しくこだまするのだった。

☆

俺は、刺客としてやってきた火影の忍び【がまがえる】を討伐した。

その日の夜、社にて。

エステルとミファが、料理を持って、俺の元へやってきた。

「ひかげくん、お夕飯にしましょう♡」

「……いや、俺は」

ちょうど、グレンのもとへ出発しようとしたところだった。

「今日は、ひかげくんの大好きな栗おこわなんだけどなぁー」

「……くっ。ズルいぞ、エステル」

俺が栗おこわ大好きなのを知っているくせに。

うふふ、とエステルが笑う。

「お姉ちゃんはなんでもお見通しなんですよー。さぁさ、食べましょ。ミファ、準備手伝って」

「はい、姉さまっ」

ミファが持っていたお重を、床に置いて広げる。

「……おおっ」

栗おこわをはじめとした、秋の味覚が勢揃いしていた。

松茸入りの茶碗蒸し、サツマイモのスイートポテト。エトセトラ……。

やばい、美味い。これは、美味い。絶対。

「たぁんとお食べ」

「……いただきます」

エステルがおこわを茶碗によそって、俺に渡してくる。

一口食べると、ごま塩のしょっぱさに、栗の甘さが絶妙なハーモニーを奏でる。

糯米の食感も相まって、天上の食事かと錯覚するほどだ。

「おいしいですか、ヒカゲ様？」

「……最高だ」

「それはよかったですっ」

「おこわはミファが作ったのよ～」

「……良い腕だ」

「やったっ♡　いつでもお嫁さんにしていいんですからね♡」

「……ぶっ。げほげほっ……へ、変なこと言うなよ……」

はて、とミファが首をかしげる。

「別に変なことは言ってないのですが。ヒカゲ様のような、魅力的な殿方に嫁ぐために、お料理の腕を磨いてきたつもりです」

至って真剣な表情で、ミファがそんな恥ずかしいことを言う。

「……いや、別に俺、魅力的じゃないよ。背も低いし、根暗だし」

「ご謙遜なさらないでくださいましっ。ヒカゲ様以上に素敵な男なんて、この世には存在しません！　村の皆も同意見です！　ねえ姉さま！」

「そうよひかげくん。自信を持って♡」

そんなふうに褒めてもらえると、気持ちが上向きになるから不思議だ。

食事をとり終えると、エステルがお重の一番下の段を手に持つ。

「デザートはお姉ちゃん特製のカボチャのプリンですよっ」

エステルが俺の好きなものを用意してくれていた。

なんだ、今日はなんのパーティなのだろうか？

「さて、姉さま。あーんタイムですよ！」

ニュアンス的に、スプーンでプリンをすくって、俺に食べさせるということか？

な、なんだそれは……ご褒美じゃないか。

「そ、そんなミファ……あなたの前で、恥ずかしいわ……」

エステルも俺と同意見らしく、頬を朱に染めて、いやんいやんと首を振る。

「いいえ、姉さま。あーんタイムとは、口の中にプリンを含み、口移しで食べさせる時間のことです！」

「「な、なんだってぇ!?」」

何を言ってるんだ、この娘は!?

「み、みみ、ミファ……それはちょっとお……キャパをオーバーしてるかなーと」

顔をこれ以上ないほど真っ赤にして、頭から湯気を出しながら、エステルが言う。

「え、でも姉さまたちはお付き合いなさっているんですよね？　まさか、接吻のひとつもしてないとか……ありえないですよね？」

「せ、接吻!?　そ、それは……しょの……」

　顔を赤らめて、エステルがもじもじする。いや、気持ちはわかる。そんな恋人同士の秘め事を、おおっぴらになんてできないし……。

「できないのですか？　恋人なのに？　実は嘘なのですか？」

「そ、そんなことないわっ」

「じゃあハイ、姉さま♡　がんばって」

　カボチャプリンを手に持って、にっこりミファが笑う。

「み、ミファ……あなた、変わったわね」

「ええ。後ろに隠れているだけでは、駄目だと気づいたので♡」

　ぐいぐい、とミファがエステルの背中を押す。

　こ、これ本当に……口移しする流れなのか？

「ひかげくん……嫌だったら、ごめんね」

「……い、いや！　嫌じゃない……です」

　エステルは微笑むと、プリンを一口食べる。

　そして顔を近づけてくる。いつ見ても……美人だよなエステルって。こんな綺麗な人が、俺の恋人なんて未だに信じられない。

「さ、ヒカゲ様も♡」

エステルの美しい顔に吸い寄せられる。気づけば、俺たちは唇を重ねていた。

甘い。プリンの甘さだけじゃない。甘露よりなお甘く、温めた糖蜜のようだった。

すぐ近くにエステルを感じられる。

胸にいっぱい、甘さとともに、温かさを、幸せを感じていた。

やがて、俺たちは顔を離す。唇の間に、つつ……と唾液の橋ができていた。

「あ、あはは……甘いね」

「……ああ、とっても」

「ごめんね、甘いの苦手なのに」

「……別に。おまえの、その……おまえのなら、嫌いじゃない」

俺たちは互いに目を合わせて、くすりと微笑んだ。一緒にいるだけで幸せな気分になれる。

エステルは、ほんと、俺にとって特別な人なんだなと改めて思った。

「ヒカゲ様♡」

「……ミファ。その、ありがとな……って、え？」

にっこり笑って、ミファが俺の肩を摑んで、不意打ちのキスをする。

「み、ミファ！　なにを!?」

「あーんタイムですよほら。別に姉さまだけが、なんて一言も言ってません」

すました顔でそんなことを言ってのける。

「あ、あなた、そのために……」

「ミファは変わったのです。王子様のキスも、心も取りにいきます♡」

少し見ない間に、ミファは精神的に成長したみたいだ。

前みたいにおどおどしているよりも、よっぽどいい。

「さて、ヒカゲ様。元気になってくれましたか？」

「これで準備は万端？」

二人とも、俺が敵地に乗り込むことを、なんとなく察していたのだろう。

励ましのために、ごちそうと、そしてご褒美をくれたのだ。

……気を遣わせてしまったな。けどその気遣いが、嬉しかった。

「……サンキュー。いってくる」

俺は決意を込めてうなずく。

「ひかげくん、気を付けてね」

「無事であるよう、ここより祈っております」

守りたいものを背中に感じながら、俺は戦場へと赴くのだった。

☆

暗殺者ヒカゲの兄グレンは、火影の所有する船の上で、弟の到着を待ち構えていた。

「待っていたぜぇ、ヒカゲぇ〜……」

焔群ヒカゲ。自分の弟との、数年ぶりの再会。

だがグレンの胸中に湧き上がるのは、再会を喜ぶ気持ちでは決してない。

強い強い憎しみの心だ。

「知ってるかヒカゲ、親父（おやじ）が危篤（きとく）状態なんだよ」

「……ああ。それがどうした？」

「じゃあ後継者が、誰か……聞いたか？」

「……いいや」

今でも思い出す。

床（とこ）に伏す父は、自分に向かってこう言ったのだ。

……ヒカゲを、次の当主に任命すると。

「おれが、次の後継者だってよぉ」

知らないのならば、後継者の座をいただこうと思った。

ここでヒカゲを抹殺（まっさつ）すれば、父は自分を選ばざるを得ない。

「……それがどうした？」

「チッ……！」

グレンはヒカゲの、こういう冷めた態度が嫌いだった。

里の皆はヒカゲを落ちこぼれと馬鹿にする。

グレンだってそうだ。

人殺しの才能がまるでないヒカゲを、里の仲間とともに蔑(さげす)んだ。

……けれど自分の父親が期待を向けていたのは、兄(グレン)ではなく弟(ヒカゲ)。

しかも、側室の子供だった。

「そのムカつく顔を見るのも今日までだ」

グレンは腰を沈めて、手で印を組む。

「てめえをぶっ殺して、邪血を手に入れる。そんで、最強となって火影の忍(しの)びたちをまとめる。

おれが……真の当主となる」

ヒカゲもまた同様に印を組む。

「……当主とかどうでもいい。ただ、俺の大事な人を傷つけるのなら容赦(ようしゃ)しない」

二人の体から闘気が湧き上がる。

……互角、いや、自分の方がやや上か。

にやりと、グレンはほくそ笑む。

間近で見て確信を得た。ヒカゲは自分よりも格下であると。

「いくぜぇヒカゲぇ……！　殺戮(さつりく)ショーの始まりだぁ……！」

ずぶ……とヒカゲの体が沈む。見下ろすと、彼は膝の辺りまで、地面に埋まっていた。

「しゃぁ……！」

続いて別の印を組むと、地面が音を立てて盛り上がる。

鋭い刃のように尖り、四方からヒカゲのクビを狙って攻撃してくる。

ヒカゲはしゃがんでそれをかわす。

「まだまだぁ……！」

無数の地の刃がヒカゲの体に襲いくる。

回避の隙がないと判断したのだろう、ヒカゲは両腕で急所を守る。

ドスッ……！　と音とともに、刃がヒカゲの体を串刺しにした。

「ひゃはは！　どうだヒカゲ！　おれの【土水呪法】は！」

グレンの異能は、土と水の二重の属性を併せ持つ。

陸地で戦うより、四方を海で囲まれた船の上のほうが、ヒカゲよりもアドバンテージが取れると判断した。

なにせヒカゲは影を使う性質上、陸地は必須となる。

対してグレンは、陸だけでなく海も自分の味方につけることができる。

陸地で条件はイーブン。

そこに海という、ヤツにない部分で有利になるから、この船を戦場に選んだのだ。

「この船はおれの泥を固めて作ったもの！　てめえにとって敵の腹の中も同然なんだよ！」

ぼこっと地面が盛り上がると、今度は人形の形となって、ヒカゲを取り囲む。

ヒカゲは影で刃を作ると、それらを切って離脱を図る。

だが逃げた先にも人形がいて、ヒカゲを羽交い締めにした。

「ひゃはは！　無駄無駄無駄無駄ぁ……！　ここはおれの領土なんだよぉ！」

斬ったはずの泥人形も、彼が操作することですぐに修復可能。

圧倒的再生力と物量、それが泥呪法の強みだ。

なにせ地面と水さえあれば、ほぼ無限に力を使える。

——泥って、影の下位互換だよな。

かつて自分を馬鹿にした、忍びの言葉だ。

なるほど、確かに形を自由自在に変える暗殺術は、影呪法も泥呪法も似通っている。

けれど決定的な違い。それは、影呪法には最強の霊獣【黒獣】がいること。

一子相伝の秘奥である影呪法には、代々受け継がれてきた、黒い獣がいる。全てを食らいつくす最強の存在。それが、グレンには持てない。それが、自分と弟とを分けるもの。

「黒獣がなんだ！　んなもんなくても、おれは最強なんだよぉ……！」

泥の人形の腕が変形し、拳銃に変わる。

魔神から流用した西の技術を、泥呪法で構築したものだ。

ドガガッ……！　と激しい音を立てながら、銃弾が雨あられとヒカゲに押し寄せる。

ヒカゲは影で体を覆い、それをガードしようとするが、しかし銃弾は容易く影を貫く。

闘気が弾に籠もっている。弾速も威力も、桁違いのものに進化していた。

やがて、ふらり……とヒカゲがその場に崩れる。

「おらおら、どうしたどうしたぁ……⁉　もう終わりかぁ……⁉」

ぐぐ……と立ち上がろうとするヒカゲ。

グレンはニヤニヤ笑いながら、弟に近づいて、その頬を蹴飛ばす。

「心配して損したぜ。やっぱてめえは、最弱味噌っかすの落ちこぼれだったなぁ！」

倒れ伏すヒカゲの顔を踏みつけて、醜悪な笑みとともに叫ぶ。

「おれの勝ちだ、ヒカゲぇ……！　おれが、火影の当主さまだぁ……！」

「……ふっ」

ヒカゲが噴き出す。

「あぁ⁉　んだよてめえ！」

「……いや、小さいなって思ってよ」

圧倒的不利な状況下だというのに、ヒカゲからは不思議な余裕を感じた。

「……小さな里のトップになることに、なんの意味があるっていうんだ？」

「黙れぇ……‼」

火影の当主となることは、グレンにとっては最も大切なことだった。

「死刑だ！　ぶっころしてやるよぉお！」

ぐしゃり、とヒカゲの頭を踏み潰す。偽物のそれじゃない。確かな手応えがあった。

「はぁ……はぁ……くく、くはは！　やったぞ！　おれの勝ちだ！」

頭を潰されて動けなくなるヒカゲ。水袋を地面に叩きつけた後のように、地面には血や肉が、激しく飛び散っている。

「見たかクソ親父ぃ！　あんたが気に入っていた弟は、影呪法は！　おれの力の前に手も足も出なかったぞぉ……！」

　自分よりも弟を優遇させた父。

　彼は間違っていたのだと……勝ち誇った笑みを浮かべながら叫ぶ。

　と、そのときだった。

『お疲れ様です、グレン君』

　いつの間にか、白いネズミが、グレンの足下にいた。

「おお、テメエか。見てたかよ、なぁ。おれの方が強かったよなぁ！」

　この白ネズミこと魔神シュナイダーは、グレンのことを、能力面においてヒカゲに劣ると評していた。

「てめえにゃ感謝している。邪血のことやクソヒカゲが生きてるって教えてくれたからよぉ。だが、邪血を手に入れたら、最初にてめえを殺す」

『おや、なぜです？　君は私に感謝こそすれ、恨むなんてお門違い(かどちが)いだと思うのですが』

「言うに事欠いてヒカゲに劣るって言いやがったからよぉ。死刑だ。ぶち殺してやるぜ。首を洗って待ってろよ、クソ魔神」

　殺意を込めてネズミをにらむ。だが相手からはまるでおびえを感じない。

『さて、それはどうでしょう？』

　こちらが見下ろしているはずなのに、この魔神に、遙(はる)か高みから見下ろされている。そんな余裕が感じ取れた。

「あ？　んだよてめえ……」

『これで終わりと思っているようなら、あなたはまだまだ、ひかげ君には遠く及びませんね』

「バカ言うんじゃねえ。おれが勝っただろうが」

『さぁ、それを決めるのは早計かと。ねえ、ひかげ君』

「なっ!?　て、めえ……は、ヒカゲ!?」

そのとき、ザシュッと肉を裂く音とともに、視界がずれた。

「あ……？」

ぐしゃりと地面に落ちたのは、自分の頭部だった。

「…………」

黒髪の暗殺者は、黒い刃を片手に、静かにたたずんでいる。

血の繋がった兄をその手にかけたのに、なんの感情も抱いていないかのように。

☆

暗殺者ヒカゲの刃が、グレンの首を落とすまで、気配も殺気も一切感じさせなかった。

グレンの自分の心の内では、様々な感情が渦巻く。

驚愕。困惑。そして恐怖だ。

この世のどんな生き物も、感情を完璧に殺すことは不可能だ。

特に、殺気となれば、隠すことは困難を極める。

相手を殺すという強い思いは、気配となって相手に伝わる。

しかしヒカゲに殺されるまで、自分が殺されるということに、まるで気づけなかった。

「ヒ、カゲぇ……！　てめ……どうしてぇ……！」

頭部だけとなったグレンが、ヒカゲを見上げて叫ぶ。

「……ああ、ボディは偽物なのか。用心深いヤツだな」

グレンは特殊な呪術を使い、頭部だけで生きていけるようになっている。

体の部分は泥呪法で本物そっくりの肉体を作り、操作していた。

こうして急所をなくしていたのだ。

泥で新たな肉体を作り、そこに頭部を接合する。

「油断したが今度は負けねえ！　ヒカゲ、勝負だ！」

だが当の本人はというと、グレンには一切興味がない様子だった。

こちらを一顧だにせず、足下の白ネズミをにらみつける。

「……さて。おまえが火影に手を貸していた魔神だな」

『ええ、シュナイダーと申します』

「……名乗るのか。余裕だな」

『そんなことはありませんよ。ヒカゲ君に、まんまとしてやられました』

グレンを無視して会話が繰り広げられる。

それがかんに障って、グレンは泥の刃でヒカゲを斬りつけようとする。

だが、いつの間にか、刃が食いちぎられていた。

「ば、バカな⁉　ヒカゲはなにもしてないのに……なぜ⁉」

一方でグレンなど眼中にないヒカゲは、魔神から情報を引き出そうとする。

「……おまえの目的はなんだ？」

『悪人の目的なんて退屈なものですよ。それよりも私は、あなたに興味がある』

シュナイダーの目にはヒカゲしか、ヒカゲの目には魔神しか映っていない。

グレンは泥で拳銃を作り、至近距離で発砲。避けられるはずのない一撃。

「いい加減に……しやがれぇぇぇ！」

しかし、銃弾はヒカゲの眉間の前で止まっていた。

ぽろり……と落ちた銃弾は、これもまた鋭い何かに、食いちぎられたような形になっていた。

『なるほど……闘気を影の性質に変化させていたのですね』

ずず……とヒカゲの体から黒い闘気が立ち上る。

『影喰い。ひかげ君の影呪法の一つだ。闘気にそれを付与したんですね。結果、闘気に触れたものは影喰いされた……なるほど。素晴らしい応用力！　見事ですねぇ！』

闘気は強化だけでなく、性質の変化も可能にすると魔神シュナイダーは言っていた。

けれど、変化は強化の一段上の技術。習得には長い時間を要する。

現にグレンをはじめとした火影の忍びたちは、強化までしか会得していない。

だというのに、ヒカゲは、故郷の人間たちの上をいっていた。

「うそ……だ。こんなの嘘だ！　おれは、認めないぞぉお！」

船の固定化を解く。大量の泥がまるで津波のようにヒカゲに襲いかかり、包み込む。

「死ね！　窒息して死ねぇ！」

『無駄ですよ』

バツンッ……！　とあれだけあった大量の泥が、一瞬で消し飛ぶ。

ヒカゲは影で翼を作り、空中に浮かんでみせる。

さきほどより膨大な黒い闘気が、彼を中心として、巨大な球体を作っていた。

「んだよ……その……桁外れの闘気量はよぉ……」

海に落ちたグレンは、ヒカゲを見上げて愕然とする。

「最初戦っていたとき……そこまでの闘気はなかっただろうがぁ……」

『当然です。所詮、あなたがさっきまで戦っていたのは、ひかげ君の影で作った分身なのですからね』

「ばかな……本体じゃ……なかったのか……」

見上げるヒカゲから感じられるのは、底知れぬ闘気量。まがまがしい漆黒の闘気は、見ているものに根源的な恐怖を与える。

すなわち、彼の前に立てばいずれ死ぬ。

これだけの殺意を持ちながら、しかし、先ほど自分を屠った一撃に、まるで殺意が乗ってい

なかったことに驚嘆する。

ここまでの力を持ちながら、気配を断つことのできる存在。

本物の、暗殺者の存在を。

「……認めねえ」

ぽつりとグレンがつぶやく。ぶるぶると肩を怒りでふるわせる。

「認めねえ！　ヒカゲ！　てめえがおれより勝っているなんて！　ぜってえ認めねぇええ！」

パンッ……！　と柏手を打ち、印を組む。自分の体を構成していた泥が、海水と溶け合う。

水面をぼこりと隆起させ、水しぶきを立てながら……【それ】は立ち上がる。

グレンの泥で作った巨人だ。

「死ねぇえええ！　ヒカゲぇえええええ！」

だが、ヒカゲはこの見上げるほどの巨人の、強烈な一撃を前に動かない。

構えすら取らない。なぜなら、もう終わっているからだ。

「へぁ……？」

情けない声とともにグレンは気づく。

巨人の体が、無数の斬撃によって、切り刻まれていたのだ。

バラバラになったグレンの体は、海水へと落ちていく。

『お見事。闘気で剣速を強化したのですね。凄まじい斬撃でした』

いつの間にか、ヒカゲの手には刀が握られている。

闘気を使って筋肉を強化し、目にもとまらぬ攻撃を、何十何百と、一瞬で放ったのだ。

『そんな……ばかな……おまえは……』

グレンの目が捉えたのは、静かなる殺意を携えた、影使いの最強暗殺者の姿。

そのときグレンの脳裏によぎるのは、弟を評価していた父の顔だ。

いつだってヒカゲをひいきしていると思っていた。だが、違うのだ。

グレンは昔から、強い力を持つがゆえに、誇示するところがあった。

戦いを、殺しを好んでいた。ターゲットの命を奪った後も、死体で遊ぶことも多々あった。

だがヒカゲは違う。

彼は昔から戦いを好みはしなかった。殺すことに否定的だった。

だが一度殺すと決めた魔物は、確実に息の根を止めてきた。

誰に誇示するわけでもなく、静かに、速やかに、最適な方法で。

『グレン、おまえは確かに強いが、単なる人殺しだ。ヒカゲは違う、生粋の暗殺者だ』

倒れた父に次世代の火影の座を譲れと言ったとき、父の口から出たのは弟の名前だった。

里を愛し、里長になることを熱望している兄よりも、里を出ていき、殺しに否定的な弟を、父は選んだ。

父は無能だと思っていた……だが、今日の戦いではっきりした。

自分は強いと思い込んでいるだけの人殺し。

弟は、本物の強さを持ったアサシンであると。

「くそ……ちくしょぉお……」

塩水が浸透してくると、徐々に体のパーツが海へと沈んでいく。

ヒカゲは日の当たる場所に、自分は、光の届かない海の底へ。

自分は、上下逆だと思っていた。

だがこれが真実なのだ。

弟より優れていると思っていたのは間違いだったのだ。

父はそれを幼いころから見抜いていたのだ。父の言葉は、真実だった。

「なんでだよ……なんで、てめえなんかに才能があるんだよぉ……」

グレンは手を伸ばす。泥となった手で、ヒカゲの中にある、天賦(てんぷ)の殺しの才をつかもうとする。

「そんなの……おめー、いらねえんだろ……ならよこせよ……」

しかし手は海水に呑(の)まれて、ボロボロと崩れ落ちていく。

体とともに、意識も下へ……下へと落ちていく。

「おれは……なりたかった……おめえみたいな……最強の暗殺者に……ああ……くそ……くそ……くそぉお……」

最後の最後に、グレンは弟へ抱いていた感情の正体に気付いた。

自分は弟に、嫉妬(しっと)していたのだと。

☆

俺は兄グレンを討伐した。

「…………」

闘気で作った影を、翼の形に変えて、俺は今、空に浮いている。

グレンの作った泥巨人の肉片が、あちこちに浮いていた。

「……で？　おまえも魔神なんだな、シュナイダー」

浮かぶ塊の上に乗っている、白いネズミを俺は見下ろす。

……どう目を凝らしても、このネズミはただのネズミだった。闘気を感じはするものの、ごく微量。竜魔神や今の俺より遙かに少ないし、ましてグレンや火影の忍びたちよりも、たいしたヤツには見えなかった。

……だが目に見えない何か巨大なものを、俺はこのネズミの中から感じる。

『さすがひかげ君。視覚情報だけに頼り、私を侮る有象無象とは、一線を画する。プロの暗殺者なだけあって、相手の技量を見抜く直感が備わっているのですね』

戦力差があっても、微塵も動揺しないシュナイダーに、得体の知らなさを俺は感じる。

『さてさて、私はどうなってしまうのでしょう？　捕まって捕虜にでもするんですか？』

「……その必要はない」

ネズミが自分の影に沈む。影喰いを発動させ、ヤツを食らったのだ。

影喰いすることで、対象の技能を我が物とできる。

それと同時に、相手の知識や経験も、入手可能。……なのだが。

「ご主人様。読み取れません。記憶にプロテクトが掛かっているようです」

「……そうか」

腐っても魔神、自分が不利にならないような対策は取っているか。

『見事です、ひかげ君』

どこからか、シュナイダーの声がした。

「⁉　なぜ、ご主人さまが食らったはず！」

『私は個にして全、全にして個の魔神ですからね』

それっぽいことを言っているが、俺に秘密を悟られぬよう、煙に巻かれた感がある。

『今日はほんの挨拶です。いつまでも陰に隠れていては、あなたに失礼かと思いまして』

俺がこいつをおびき出すために、わざと影人形でグレンと戦っていたことを、見抜いてやがったのか。

『いずれ、改めてご挨拶にあがります。ではまた』

影で周囲を探知していたのだが、結局ヤツの気配を感じ取ることはできなかった。

戦闘ではグレンに勝ったものの、裏で動いていた魔神の尻尾を掴むことはできなかった。

後味の悪い勝利だ。

「それでも、凄いですよ。闘気で強化されたグレンは剣鬼に匹敵していました。黒獣化せず瞬殺できたのです。本当に凄いことですよ」

俺は吐息をついて、ヴァイパーに言う。

「……帰るぞ」

☆

数日後、ドランクスの研究所にて。

暗殺者ヒカゲに挨拶をしたシュナイダーは、ご機嫌であった。

「さすがひかげ君。あの程度の雑魚を、なんなく一蹴してみせるなんてね」

「きししっ☆　ざこって酷いですねぇい。あなた様が血肉を分け与え、すこしずーつ育てていった結果、なかなかの強さでしたよ、あの忍びども」

「なかなかでした。特にグレンは、器に選んで良いかもとは思ってましたし。……ただ、ひかげ君と比べると、グレンなど所詮は塵芥です」

シュナイダーが直接確認したヒカゲの才能。それは人類を超越したものだった。

たった数日前まで、闘気の存在すら知らなかった男が、竜魔神と互角にやり合い、シュナイダーが手塩にかけて育てた闘気使いの忍びたちを一蹴した。

「彼の飼っている黒い獣は、数世紀、私が探し求めても見つからなかった逸材。是非とも手に入れたいものです」

「随分とご執心ですねぇ～……」

「ええ、私は彼がいっそう好きになりましたよ」

「ところで……じゃあこの、使い終わった玩具は、どうするんですぅ～？」

ドランクスが見つめる先には、培養カプセルがあった。

ボコボコと酸素の泡を立てながら眠っているのは、火影の次期当主グレンの頭部。

「彼への興味はとうに失せました。しかし、彼にはまだ利用価値がありますから」

深い死の眠りに落ちているはずのグレンからは、抑えきれないほどの、まがまがしい闘気が漏れ出ている。

それは、ヒカゲへの深い負の感情ゆえか。

「では次なる一手を打つとしましょうか」

シュナイダーは立ち上がると、きびすを返して、ドランクスの元を去ろうとする。

「どこへ行かれるのです？」

「ちょっと、同僚たちのもとへ」

地面を這いずっていたネズミが、体を伝って、シュナイダーの肩に止まる。

彼はネズミの頭を愛おしげに、指でなでながら言う。

「さて……お次は愚かなる同胞たちに、生け贄になってもらいましょうか」

四章　暗殺者、思い悩む

俺は兄グレンとの戦いに勝利してみせた。

グレンを殺し、ミファを守れたことに安堵する。

……だがまだまだ安心できない。

シュナイダーという次なる敵との邂逅は、俺の胸中に不安の影を落としていた。

「…………」

とはいえ一段落だ。

船に残っていた忍びたちを捕縛し、二度と狙わないことを約束させて、極東へと追い返した。

あいつらには俺の存在を口外しないことを約束させた。

面倒に巻き込まれることは御免こうむる。

兄が死んで次期当主はいなくなってしまったが、正直これでよかった。

プロの暗殺者集団は、親父の代で終わったんだ。

今の若い連中は、グレンのように、他人の迷惑を顧みず、自分の都合で殺人を犯す。

これのどこが暗殺者だ。潰れてしまったほうが世のためだ。

「よろしかったのですか、ご主人さま」

隣にダークエルフのヴァイパーが出現する。

港にて、火影たちの船を見送っていた。

「あの者どもを追い返して？」

「……向かってこない敵を殺す気はない。それに……腐っても故郷の人間だ」

「さすがご主人さま。慈悲深いお方でございますね」

「……甘いだけさ」

後顧の憂いを立つのなら、あの船にいたグレンの配下を皆殺しにするべきだった。

けれどそれができない。非情になりきれない。命じられれば動く殺人マシーンではないのだ。

「魔王を倒した勇者だけはありますね」

「……それ、やめろよ」

知らず、声に険がこもってしまう。

俺は勇者なんかでは決してない。人類を救うという使命と期待を背負えるほど、俺は強くない。この手で守れるものを、外敵から守るだけで手一杯だ。

「気分を害されたのでしたら、申し訳ありません」

「……いや、俺の方こそすまん。個人的な理由で感情的になった」

「ご主人さま、お疲れになっているのでしたら、少し休まれてはどうでしょう？」

「……まさかだろ」

休めるわけがない。

すぐに奈落の森（アビス・ウッド）へ戻らないと。俺には、彼女たちを守るという使命があるんだから。

「ご主人さま……」

きびすを返して歩き出そうとする俺の手を、ヴァイパーが掴（つか）む。

「ご無理なさらず」

「……無理なんて、してない」

「そんなことありません。酷い顔をしております」

「……え？」

ヴァイパーは近づいてくると、正面から、俺を抱きしめる。

柑橘（かんきつ）系の甘酸（あまず）っぱい香りと、ひやりと気持ちの良いつめたい体が、俺を包み込む。

エステルとはまた違った、大人の女性の抱擁（ほうよう）に、俺は戸惑う。

「魔王を倒してから今日まで、ずっとあなたさまはご無理なさっているような気がします」

離れようとするが、しかしヴァイパーは強く俺を抱きしめる。

ほっそりとした手が、俺の頭をなでる。

「ご主人さまはよくやっております。たったひとりで悪鬼から奈落の森を守っている。誰にでもできることではありません。ですがそのせいで自分を追い詰めているのではありませんか？」

「……追い詰めてる、だって？」

「自分にしかできないと。自分がやらないと、終わりだと」

ドクンッと心臓が体に悪い跳ね方をした。心の中の不安を、見事に言い当てられた気がした。

「どうか、わたくしを頼ってくださいまし。あなたさまに力では遠く及びません。ですが、不安のはけ口にはなれます」

「ヴァイパー……」

「わたくしはあなたさまの一番豚ですからね♡」

……最後の最後で台無しだった。でも、俺を笑わせようとしたのかも知れない。

ああ、そうか。

笑えないのは、そんな余裕が俺にないからか。……人に言われなきゃ、気づけないなんてな。

「……気持ちだけ受け取っとくよ」

俺は彼女をぐいっと押しのけ、影の翼を生やす。

式神（しきがみ）の彼女が俺の影に入り込んだのを確認し、奈落の森へめがけて飛翔する。

ヴァイパーは悩みを打ち明けてくれといった。

しかし俺の悩みを理解してくれるとは到底思えない。

彼女は魔王の側近だった。その背に多くの人の命がのしかかっている状況なんて、彼女には想像も共感もできないだろう。

もし、この気持ちを理解してくれるとしたら、それこそ……。

「…………」

脳裏(のうり)をよぎったのは、あの銀ぴかの趣味の悪い鎧(よろい)を着た勇者ビズリーだ。

だが、あんなヤツ、ヴァイパーよりも俺のことを理解してくれないに決まっている。

俺は自分を勇者だとは思えないけれど、あいつのこともまた勇者だとは認められない。

自分が目立つことばかり考えて、傷一つないピカピカの鎧を着て戦う……あんなヤツに。

俺の気持ちが、わかるわけないんだ。

☆

ほどなくして、暗殺者ヒカゲは、奈落の森へと帰ってきた。

村の中に降り立つと、女たちがいっせいに駆け寄ってくる。

「「「おかえりなさい、防人(さきもり)さまー！」」」

女たちに防人(ヒカゲ)が揉(も)みくちゃにされる様子を、遠くからビズリーが見ていた。

「ケッ……ちょっと強いからってチヤホヤされて、調子乗りやがって」

「まあそう言うでない」

ビズリーの隣に、緑髪の幼女が出現する。村長のサクヤだ。

「もう随分(ずいぶん)と回復したようじゃな」

「……ケッ」

神樹(しんじゅ)の聖なる力のおかげで、だいぶ体の中の毒素は取り除かれた。

おかげで日中、こうして外に出歩けるほどには回復した。

「だが無理するなよ、坊主（ぼうず）。おぬしの中には、まだ魔王の呪われし毒肉が残っておる」

サクヤの見立てによると、魔族化の手術とは、つまり魔王の肉体をその身に移植するものだったらしい。

だいぶデトックスされたとはいえ、完全に除去されたわけではない。

「さっさと治して、とっとと出ていきてーよ、こんなとこ」

「おや、どうしてかの？」

「あのクソ暗殺者がいるからだよ」

焔群（ほむら）ヒカゲ。自分から勇者の仕事を奪った、敵だ。

世界を救う仕事も、英雄王や人々からの尊敬も、彼が自分の代わりにつとめてしまった。

ビズリーは彼が嫌いだった。

「まあそう言うでない。あの子も苦労しておるのじゃ。強敵から村を守らねばならない。そのプレッシャーは並ではないと、勇者（おぬし）ならばわかるであろう？」

「…………」

サクヤの魔法を通して、ビズリーはヒカゲの戦闘を見てきた。

圧倒的な力をもって、敵を下してきた。

モンスターを凌駕（りょうが）する存在を相手にしても、彼は顔色一つ変えず戦ってきた。

剣鬼（けんき）を、魔王を倒したというのは本当なのだろう。その力だけを、ビズリーは認めている。

「けど、おれは認めねえよ。絶対。ヒカゲが、勇者だってことにはな」

「自分こそが勇者だからか？　いいや、違うな。別の理由があって彼を認めておらぬのじゃろ？」

ビズリーはサクヤを見て、目を丸くする。

「なぜ心を見抜いたかって？　ふふ、ダテに歳はくってないさ」

ケッ……と悪態をついて、ビズリーは一人、その場を後にしようとする。

「坊主。おぬしは彼ととても似ておるよ」

「はぁ？　目がかすんでるんじゃあねえのか、ババア」

暗殺者のヒカゲと、元勇者ビズリー。見た目も、出自も、考え方も、何もかもが似ていない。

だがサクヤの意見は変わらない。

「いいや、似ているさ。よいか坊主。好きの反対は無関心なのじゃ。そうやって嫌っているということはな、心のどこかで、彼に対する特別な感情があるからじゃよ」

そんなものがあるだろうか。

サクヤに指摘されても、しかし思い当たるものはない。

だが一理あると思った。心からどうでも良いのならば、悪感情すら抱かないのだから。

「ビズリー。友達は大切にな」

サクヤはそう言って消える。

恐らくは祠に戻ったのだろう。

「フンッ……誰と誰が友達だ」

女に揉みくちゃにされているヒカゲを見て、ビズリーは気づく。

彼は強敵を倒してきたというのに、女たちにチヤホヤされているというのに、全く嬉しそうではなかった。

いつだって固い表情で、いつだって沈んだ表情で、日々を生きている。

「……おめえは勇者でも、友達でも、なんでもねえよ。クソガキが」

しかし暗殺者の少年の沈んだ黒い目から、ビズリーは目を離すことができないのだった。

☆

俺が村に戻ってくると、宴会が開かれることになった。

神樹の祠にて。

「「「「遠征おつかれさまでした、防人さまー！」」」」

ファンクラブの連中が、にこやかにそう言う。

上座の俺はどうにも据わりの悪さを感じていた。

「……エステル、やっぱりこういうのはちょっと苦手なんだが」

恋人の少女が苦笑しながら、ぽんぽんと肩を叩く。

「まあまあ。今日は皆があなたのために開いてくれたんですもの。付き合ってあげて♡」

「……みんな、俺のために——」「はいカンパーイ！」「「「カンパーイ！」」」聞けよ。

乾杯の音頭が終わった瞬間、ドドドッ！　と村人たちが押し寄せてくる。

「防人様ー！　あたしにお酌させてー！」

「あー！　ずるーい！　わたしがするのー！」

「じゃまよ！　どっかいきなさい！」

ぎゃあぎゃあ、と俺の前で争いが起きる。

「はいはいみんな仲良しSDC、でしょう？」

「「「でもぉ～……」」」

エステルが仲裁するも、村人たちは不満そうだ。

なぜだ。どうして俺みたいな陰気なガキが、こうも好意を持たれるんだ……？

「こういうときは公平に、ジャンケンで決めましょう！」

「「「おっしゃー！」」」

村人たちが頭を付き合わせて、ジャンケンをし出す。

「ではその隙に、ヒカゲ様。どうぞどうぞ♡」

ミファが俺の隣にすっと座って、俺の湯飲みに酒を注いでくる。

「「「あー！　巫女様ずるーい！」」」

村人たちが俺のもとへ……って、ええ!?

「……お、おまえらっ。なんで服脱いでるんだよ！」

若い女たちが、健康的な裸身を、惜しみなくさらしていた。

む、胸とか……尻とか……目のやり場に困るわ！

「教えてやろう。わしが教えたのじゃ！」

おばばさまこと村長のサクヤが唐突に現れた、全裸で。

「おい！」

「古来極東では、ジャンケンに負けると服を脱ぐというルールがあって、それを教えたらあっという間に村に浸透してしまったのじゃ」

「……そんなルール初耳なんだが？」

「わはは！　当然じゃ、わしが作った嘘ルールだからな！」

「……なんでそんなもん作った」

「その方が面白かろう？」

余計なもん作りやがって。

「防人様顔真っ赤。どうしたのかしら？」

「きっとお姉さんたちの裸、見慣れてないのよ～」

「やーん♡　可愛い～♡　たべちゃいたーい♡」

裸身をさらす女たちが、俺ににじり寄ってくる。

ちょ、ちょっと酔ってないか？

「ちょっと待って！　防人様を抱くのはこのあたしよ！」「はぁふざけんじゃないわ！　防人

様とえっちするのはわたしよ！」「なにー！」「なんだとー！」

またもジャンケン対決が始まる。その姿を見て、サクヤは楽しそうに「いいぞやれやれー！」と酒を飲んでいた。全裸で、がばっと股を広げて。やめてくれ！

「……え、エステル。たすけ」

「にゃっはーん♡　ひかげーくーん♡」

トロンと目を潤ませて、エステルが俺にしなだれかかってくる。

い、いつの間にか上着がはだけられ、ぶ、ブラ的なものが……うわぁ！

「……お、おま！　バカ！　服着ろよ！」

「むーん♡　服なんてきませーん♡　人間は、生まれたときみーんな裸でしょ～♡」

「……だからなんだ!?」

「そーゆーことだよぉう♡」

上半身裸のエステルが、俺を抱きしめてくる。

真っ白なブラに包まれた柔らかそうな乳房に、俺の目は釘付けになってしまう。い、いかん見ちゃいけないのに……！

「うふふ♡　ひかげくんの目線がえっちだー♡」

口元を緩ませて、ほにゃほにゃとエステルが笑う。

「す、すまん……！」

「ううん、いーんだよ♡　ひかげくんは特別さ♡　いっぱいいっぱい見て良いんだよ♡」

エステルが目を細めて、俺の耳元でささやくように言う。

「……いやらしい気持ちになってきちゃったら、いいんだよ。わたしにいっぱい吐き出して、気持ちよくなって……ね」

ぞくっ、とむずがゆさとこそばゆさを感じる。

酔って俺にしなだれかかってくるエステルは、誰よりも美しく、エロティックだ。

「ちょおっとー！　エステルー！　ぬけがけきんしー！」

村人がエステルの腕を引っ張って、俺から引き離そうとする。

「そうやって一人だけ防人様を誘惑して！　ずるいわ！」

「いいですー、わたしはー、ひかげくんのー、恋人だからジャー！」

「「「くっそー！」」」

勝ち誇った笑みを浮かべるエステル。村人たちは本気で悔しそうに、畳を叩く。

「あたしだって防人様ラブなのに！」「そうよ！　心からお慕いしているんですわ！」

へんっ、とエステルが胸を張る。

「ばかめー！　わたしのひかげくんへの愛は……もう、山よりも高いんだからね！」

ぎゃあぎゃあ、と騒がしくするエステルたち。

そのときだった。

「ダーリン、ダーリン」

部屋に入ってきたのは、竜魔神ベルナージュだ。

「……べ、ベルナージュ。どうした？」

「うむ、ちょっと用事があって、しばらくここをあけるから、挨拶に来たのだ」

「……そ、そっか。外で話そうか」

これ幸いと、俺は竜魔神とともに、祠の外へ出る。

「……おまえは良いのか。宴会に参加しなくて」

「わはは！　そうしたいのは山々だが、他の村人たちに怖がられてしまってな！　仕方ない！」

先日ベルナージュは村を襲撃した。

その際に、何人かはそのあふれ出す闘気だけで倒れてしまった。

見た目は小娘でも、中身は人外の魔竜。

村人たちは本能的にベルナージュを怖がってしまうのだろう。

「……すまん」

「気にするな！　よくあることなのだ！　ワタシは強いから仕方ない、強者ゆえな！」

逆に言うとエステルみたいに、普通に接してくれたほうが珍しかったのだろう。

だからエステルにあんなになついていたのか。

「……それで、用事ってなんだよ」

「同僚たちが集まるみたいでな。ちょっと会いに行ってくる」

「……魔神か。全部で何柱いるんだ？」

「十二だな」

ベルナージュ、そしてシュナイダー。

この二柱だけが魔神なわけないと予想はしていた。

……しかし、残り十も化け物がいるのか。

「……全員、邪血を狙っているのか？」

「さー？　だから、邪血ってなんだー？　ワタシは知らんぞ？」

邪血のことはあまり他の魔神に知られてないのか……？

そうか最初から、魔神たちが邪血を狙っているなら、なぜ全員でここに押し寄せてこない。

理由はどうあれ、邪血のことはまだ、魔神たちに知られてないのかも知れない。

……いや、待て。

魔神シュナイダー。あいつはグレンと繋がっていた。

グレンは邪血を求めていた。となると……。

「ていや」

ぺんっ、とベルナージュが俺の頭を横から叩く。

凄まじいスピードで、俺の体は横にすっ飛んでいく。

空中で影の翼を生やし、姿勢を制御して、宙に留まる。

「おお！　あの速さをちゃんと防御したのだな！　やはりすごいな、おまえは！」

「……いやおまえ、普通のヤツなら死んでたぞ、今ので」

「だいじょーぶ！　おまえはもう普通のヤツではない！」

……そこを自信満々に言われても、落ち込むだけなんだが。

俺が彼女の側で降りる。

「そんなわけで、ちょっと魔神どもと話してくる。終わったら帰ってくるからな」

「……ああ。ベルナージュ。おまえ、大丈夫なのか？」

「どーゆーこと？」

「……だって、人間に力を貸したわけだろ？　仲間から制裁的なことを受けるんじゃないか？」

魔神が人間をそもそもどう思っているのか不明だがな。

「わはは！　心配してくれるのか！　ダーリンは優しいな！」

むぎゅーっとベルナージュが笑顔で、俺を抱きしめてくる。

こんな柔らかい体で、どうしてあんな怪力が発揮できるんだろうか？

「魔神どもはわりかし人間なんてどーでもいいと思ってる。ワタシが闘気を教えても、別に何も言われないぞ、絶対！」

「……いや、言い切れないだろ」

「大丈夫大丈夫！　絶対何にも起きないって！　もー、心配性だなぁ、未来の旦那様は♡」

俺の頰に、ベルナージュがチュッ……♡　とキスをする。

な、なんでこうも、俺の周りの女子たちは、気軽にキスをするんだろうか……？

親愛の証なんじゃないのか？　もっと大事なもんじゃないのか……？

「そんな顔するな。おまえを愛してるし、大事だし、特別だからキスをするんじゃないか♡」

「……そ、そっか。まあ、無事を祈ってるよ」

「おう！　ではな！」

竜魔神は両腕を伸ばし、空へとジャンプする。

凄まじい衝撃波を発生させ、森の木々を揺らしながら……あっという間に見えなくなった。

「追跡は、しなくてよいのですか？」

ヴァイパーが俺の隣に出現する。

「……ああ。やぶ蛇になる危険があるからな」

魔神が人間や邪血に興味を抱いていないのなら、余計なことをして不興を買う必要はない。

たとえば式神をくっつけて、魔神たちのねぐらを特定したとしよう。

土足で魔神の領域に入ったというだけで、地上を壊しかねない。

「……魔神の力は未知数だ。こっちに興味がないなら、それに越したことはない」

俺が最初に出会った魔神ベルナージュ。

彼女をどうしても、基準としてしまう。

あんな理外の化け物が、竜魔神を含めて十二柱もいる。

そう考えると……知らず、体がこわばってしまう。

と、そのときだった。

「近づいてくる輩がおります」

この夜の闇の中でも、その金の輝きと、紅玉のような赤い目はよく見えた。

「……ヴァイパー。下がってろ」

「しかし……」

「……いいから」

不満をあらわにするものの、ヴァイパーは言われたとおり、俺の前から姿を消す。

近づいてくるのは、かつてのパーティリーダー。

「よぉ、ヒカゲ」

「……ビズリー」

勇者の彼が、俺になんの用事だろうか。

「ちょっと面(つら)かせや」

☆

ビズリーが声をかけてきた。

ヤツは森で倒れているところを、ひなたが保護し、サクヤの元で治療中だったはずだ。

……しかし、なぜ彼が声をかけてきたのだ？

「「…………」」

そして、なぜ俺たちは、温泉に浸かっているのだろう？

「森の中に風呂があるなんてな」

「……ああ。天然の温泉だ」

「ふーん……あの女どもとも入ったのか？」

唐突な質問だった。以前ミファやエステルたちとここに入りに来たことがある。

「……か、関係ないだろ」

「入ったんだな。チッ……！　ムカつくガキだぜ、おめーはよ」

フンッ、とそっぽを向くビズリー。

一方で俺は頭の中で疑問符がいくつも浮かんでいる。

なんで、こいつと一緒に風呂なんて……。

「兄上ー！　おまたせー！」

体にタオルをまいた妹ひなたが、風呂へとやってきたのだ。

「ちょっ！　てめえ！　なんでこっち来やがる！」

ビズリーが顔を赤らめて、ひなたから距離を取る。

何を過剰に反応してるんだ、こいつ？

「？　何かおかしなことがありました？」

「大ありだ！　てめえは女だろうが！　なんで男と風呂一緒なんだよぉ！」

「兄上とは家族ですし、よく入ってましたし」

別に騒ぐほどのことじゃないだろう、と俺は思う。

「ま、まあそうなのか……まあいいや」

誘ったのはひなただった。俺たちが外で相対していたところ、妹が割って入って、ここじゃ寒いからと風呂を勧めてきたのだ。

まあ、まさか一緒に入ることになるとは思わなかったが。

「もしかしてビズリー殿は、わたしの裸に欲情なさったのですか？　浴場だけに！」

「ば、バカ言うんじゃねえ！　てめえは離れて座ってろ！」

「はーいでございますー！」

ひなたが笑顔で離れていく。

一方で、ビズリーはどこか、妹と心理的な距離が近い気がする。

「……おまえら、なんか仲良くないか？」

「ケッ。別に仲良くなんてしてねーよ。ただ、てめえの妹には世話になったからな」

サクヤの祠で治療中、あれこれと面倒を見てもらっていたらしい。

「そこは感謝してるって、あいつに言っとけよ」

「……お前が言えよ」

「どうして、おれが」

……しばし、沈黙があった。

というか、なんだ？　なんでこいつは声をかけてきたんだ？

別に俺からは話すことなんてない。俺は、こいつが苦手だし……嫌いだ。

「そーいやよ」

唐突に、ビズリーが言う。

「こうして風呂入るの、初めてだな」

「……そうだな」

「一緒に旅してたはずなのによ」

ビズリーや魔法使いのエリィと勇者パーティを結成し、少なくない時間を共有した。

だが旅の途中、一度だって、俺はこいつと同じ風呂に入ったことはなかった。

「てめー、おれを避けてたんじゃないかって思ってたんだが」

「……違う。ただ」

「もしかして、偵察でもしてたのか？」

俺が言う前に、ビズリーが言い当てる。

そう、風呂なんて丸腰になるんだ、敵に狙われる絶好のタイミングだ。

ビズリーの入浴中、俺は影呪法(かげじゅほう)を使って偵察を行っていた。

だが、それをこいつは知らなかった。

「……そっか」

沈黙を肯定と捉えたのか、ビズリーは小さく呟(つぶや)く。

「おめーがよ、一緒に飯食わないのも、寝ないのも、おれのことが大嫌いなんじゃねーかって思ってたよ」

「……違うよ」

追放前のビズリーに対して、悪感情はあまり抱いていなかった。

見張りは暗殺者の大事な仕事だと思っていた。

ビズリーは人類の希望。彼を守ることが俺の使命だって、そう思っていたからな。

だから食事の時も、風呂の時も、寝るときも、俺は外敵がいないか見張りをしていたのだ。

「そうか……」

それきり、ビズリーは黙ってしまった。

彼はうつむいて、何かを考えているようだった。

長い沈黙ののちに、彼は小さく言った。

「悪かったな」

「…………………え？　な、なんて？」

今、何かとんでもないセリフが聞こえてきた気がした。

「ば、バカ野郎！　ちゃんと聞いとけ、ボケ！」

「……意味わからん、何キレてんだよ」

「あ〜〜〜〜〜もうっ、うっせぇ、こっちがせっかく下手に出てやりゃ、調子乗りやがって！」

「……どこが下手だったんだよ」

「うるっせえぇぇ！」

そんな様子を、ひなたが遠くからくすくすと笑いながら見ていた。

「お二人は、仲がよろしいですなぁ」

「「よろしくない！」」

ややあって。

「ヒカゲ。悪かった」

ビズリーが頭を下げていた。

……珍しすぎることに、俺は戸惑う。

「おれはよ、てめーが、調子乗ったガキだと思ってたんだ。旅の仲間なのによ、単独行動が多くてさ。ガキのくせに、リーダーの言うことを聞かねー、クソガキだと思ってたよ」

「……なんだよ、それ。調子乗ってんのはおまえの方だろ。なに勇者のくせに目立とうとすんだよ。後ろに下がってろよ。雑魚（ざこ）の露払いは俺がするんだから」

こいつはやたらと前に出たがった。

おまえがやられたら人類は終わりだって言っても、聞きやしなかった。

「そりゃできねー相談だ」

「……なんでだよ」

「おれが、勇者だからだ」

訳のわからないことを言う。

ビズリーは俺から目をそらして、湯船に浮かぶ月を見て言う。

「知ってるか？　勇者の鎧が、ピカピカに輝いている理由？」

「……知らん」

「だろうよ。だからてめーは、勇者不適格なんだ」

……まただ。また、言われた。

「……俺は、勇者じゃない」

「知ってるよクソガキ。怖い顔すんじゃねえ。年長者が話してる最中だろ。黙って聞いてろ」

……いちいち腹の立つ男だ。

「勇者ってのはな、人類の希望なんだ。人々から魔王の脅威を取り払って、安心安全をもたらす存在。それが勇者」

「……知ってる。だから、おまえが負けたら終わりなんだから、下がってろって言ったんだよ」

「違う。それはおめー、間違いだ。アレを見ろ」

ビズリーは空を見上げる。

よく晴れた夜空に、星々と丸い月が浮かんでいる。

「勇者はな、星であるべきなんだ」

いつになく真剣な表情で、ビズリーが言う。

「おめーは実感ないだろうけどよ、一般人は魔族やモンスターを、そりゃあもう何よりも怖がってるんだ。おれらが思う何十倍もさ」

俺は魔物を怖いとあまり思ったことがなかった。

生まれたときから暗殺術をたたき込まれたから、恐怖が薄れていたのかも知れない。

「魔なるものたちの恐怖を取り払うのは、光の使者たるおれたち勇者パーティじゃなくちゃいけねえ。だから、ギンギラギンに輝く鎧を、いつもピカピカの状態で身に着けているのさ」

……暗闇の中で、光を見つけると、安心する。

だから、勇者は光り物を身に着けてる。そう言いたいのだろうか？

「そーゆーこった。ちなみにピカピカにしてるのは、こいつは傷一つつかねえ、やべえ強いぞ！　って敵を威嚇する意味合いもあるし、見てる人たちも安心するだろ？」

「……無駄だろそんなの。目立つだけ、的になるだけだ」

「かもな。だがいいんだ。一般人に脅威が向くくらいなら、戦う力を持つ勇者に牙を剝かれた方がいい」

……俺は、心底驚いていた。

「んだよ、鳩が豆鉄砲食らったみたいな顔しやがって」

「……お前も、考えなしであんな目立つ鎧着てなかったんだなって」

「たりめーだろ。酔狂であんな派手すぎるもん着てるんじゃねえよ。ま、金も銀も好きな色だけどな」

結局趣味じゃないか。見直して損した。

「ちなみに地味な色は嫌いだ。黒とか最悪」

「……そりゃ悪かったな。俺はクロが一番好きな色だ」

「ケッ！　趣味の悪いガキだ。あーあ、やっぱわかり合うなんて無理だわ」

それきり、ビズリーは黙りこくってしまう。

……俺は、ビズリーから聞かされた意外な事実に、内心戸惑い、そして感心していた。

こいつはただ、目立ちたいだけの愚かなヤツじゃなかったんだ。

人々の希望の星となるべく、銀の鎧を着て、前に立って剣を振るっていたんだ。

こいつなりに、勇者としての流儀があったんだな。

「……誤解してたのかな」

「あ？　なんだ、言いたいことあんの？」

「……い、いやその」

準備してなかったからか、言葉に詰まる。

「いいからこの際言っとけよ」

「……いや、別に」

「あ、そう。じゃあおれから言うわ。あんときは、楽にしてくれてあんがとよ」

楽に、と言われて思い当たるのは、こいつが魔族化したときのことだろう。

「あのときはただ苦しくてよ、自我が保てないくらいにさ」

「……意識的に暴れてたわけじゃなかったのか」

「ああ。……でも、曖昧だが覚えてるよ。てめぇの女、おれが傷つけたこと」

……ビズリーはうつむき加減に言う。

自我がなくとも、記憶には残っていたのか。

「すまねえ。てめえの女だと露知らずに」

「……許せるわけないだろ」

「だよな。わかってるよ」

「……ただ」

俺はエステルの言葉を思い出し、彼女に代わって言う。

「……あの子は、気にしてないって言ってたよ」

「そっか。……良い女だな」

「……だろ。自慢の恋人なんだ」

「ケッ。のろけやがってよ」

「……おまえもひなたとさっきのろけてたからイーブンだろ」

「あんなつるペタなんて眼中にねーっつーの、あほ」

ビズリーがそっぽを向く。

「……謝る気があるなら、エステルに直接言ってやってくれ」

「ああ、そのうちな、そのうち」

「……それ、言う気ないだろ」

「あるっつーの。信用ねえなあ、おい」

「……あるわけねえだろ、突然に追放したくせに」

「ぐっ……」

……軽口をたたける程度には、許せているのだろうか。

少なくとも、こいつに、エステルを傷つけたことに対する贖罪の意識があることを知れた今では……ビズリーへの憎しみは薄れている気がした。

完全に許したわけではないものの、しこりのようなものはとれた気がする。

だからだろう、俺の口から、こんな言葉が漏れた。

「……なあ、……勇者になるって、辛くないか？」

人を守る立場になってから、気になっていたことを聞いてみる。

「バカ言ってんじゃねえよ」

ああ、そうだよな。辛いなんて思ってないよな、こいつのことだから。

「辛いに決まってるだろ」

「…………え？」

ビズリーは、そんなこともわからないのか、という顔で続ける。

「だって最前線で化け物と戦うんだぜ。辛いに決まってるし、怖いに決まってるだろ。向こうの戦力は割れてないんだ。四天王以外にも化け物がいるかもしれない。隠していた戦力がいるかも知れない。……そんなたくさんの未知なる恐怖と戦うんだ。怖くない方がオカシイだろ？」

「……まあ、そりゃ……まあ」

けど、とビズリーが言う。

「一番怖いのはよ。……一度でも負けたら、終わりってことだ」

……俺はそのとき、初めてビズリーの目を見たかもしれない。

彼の目は、不安で揺らいでいた。

「勇者の背中にゃ、たくさんの人間の命が乗っている。一度だって負けちゃいけない。この背中から命を落としちゃいけない。未知の化け物相手によ」

「……しかも、こんな不安を、誰にも打ち明けることもできない」

「そーだよ。勇者だからな。背負っている一般人たちに、不安な姿を見せちゃいけねー。勇者だからよ……って、え?」

ビズリーが俺を見て、目を丸くする。

……こいつと知り合ってから、初めて、ちゃんと顔を合わせた気がした。

「んだよ……おまえ、わかってんじゃねーか」

「……あ、ああ」

「つーか、そうか……。てめえも背負ってるんだったな。村の女どもの命を」

なぜビズリーが、俺の戦う理由を知っているのかは、わからない。

ただ彼は、俺にこう言った。

「おめーも、大変なんだな」

……あろうことか、こいつ、俺に同情してきた。それも哀れみとかじゃない。

その目は、苦労を理解しているヤツの目だった。

言ってしまえば、こいつもかつて勇者、俺と同じような立場だったんだ。

「……ああ、そうだよ。大変なんだよ。負けるわけにはいかない。不安がっても駄目。無理すぎるだろ……俺に、勇者なんて」

俺は目線を湯船に戻す。

「……正直、衝動的に、何もかもを投げ出したくなる」

「……おめーの気持ちもわからんでもない。だが……そりゃ駄目だ」

ビズリーが、俺の頭をくしゃりと乱暴に摑む。

「おめーは、大事なもん背負ってんだろ？　投げ出しちゃ駄目だ」

「……重すぎて、押しつぶされそうになるんだよ」

「そんなときにゃ……笑え」

俺はビズリーを見上げる。

いつもの、憎たらしい笑みがそこにはあった。

「笑え」

「……いや、別に嬉しくも楽しくもないんだが」

「嬉しくも楽しくもなくても、笑うんだよ。辛くても苦しくても、ふてぶてしく笑ってみせる。勇者はそーゆーもんなんだよ」

「……意味、わかんねえよ」

チッ、と舌打ちして、ビズリーが頭から手を離す。……摑みかかられたんじゃなくて、頭をなでられていた？　まさか、な。

「そんな暗い顔してんじゃねえよ。てめえはもう、勇者になっちまったんだ」

　ザバッ、とビズリーが立ち上がって湯船から出る。

「ヒカゲ。おれはおめーを勇者だとは絶対認めねえ。……だがよ、少なくとも村人たちは、おめーを勇者だと思ってんだ」

　だから、と彼は言う。

「せめてあいつらの前でだけは、笑ってやがれ。どんなときでも。それが、選ばれし勇者のなすべきことの一つだ」

　そう言って、ビズリーは服に着替えて、森の中に消えていく。

　その背中を、俺は呆然と見つめる。

「……あいつ、アドバイスしてくれてた、のか？」

☆

　暗殺者ヒカゲの元を離れ、勇者ビズリーは一人、暗い森を歩いていた。

「坊主」

　振り返ると緑髪の精霊が、微笑みながら、木の上に座っていた。

「ヒカゲを励ましてくれてありがとうな」

「……見てやがったのか」

「うむ」

村長にそのかされた感があって、釈然としない思いを抱きながら祠へと向かって歩く。

その後ろを、サクヤがついてくる。

「なんでおれをけしかけるよう仕向けたんだよ」

「坊主だけは、ヒカゲの悩みを真に分かち合うことができると思ったからじゃ」

「……ケッ。わかるかよ」

「村を守る防人と、人類を守る勇者。どちらも大勢の無辜の民を救うという意味で、ほら、そっくりじゃないか」

確かに、ヒカゲと話していると、自分と重なる部分が多々あった。

彼もまた悩める少年だったのだ、と気づいた。

「……ま、今更もー、おせーがよ」

共に戦っていた時の暗殺者の気遣いにも、離れてから彼が自分と同じものを背負っていたことにも、気づいてなかった。

「今からでも、遅くないじゃろう？」

サクヤは微笑んでいる。それは年の功からくる余裕か。あるいは、数多くの子供たちを見守ってきた経験からだろうか。

「おれはあいつを理不尽に追放したし、なにより、あいつの大事な女を傷つけちまった。許されるわけねーよ」

「ふふっ」

サクヤがビズリーの前までやってきて、実に愉しそうに笑った。

「……んだよ」

「いや、許してもらいたいという気持ちが、あるんだなーと思っての♡」

「……チッ。余計なこと言った」

かつてならいざ知らず、今はヒカゲの努力も、悩みも、見聞きしてしまった。

前のように生意気な子供だと、思えなくなった。

森の中で、影を操り戦う彼は……確かに、勇者であった。

「素直に認めればよいだろうに」

「みとめねーよ。あんなクソガキ。いつも無愛想に、つまらなそうにしてやがってよ。そんなの勇者じゃねーんだよ」

「人それぞれ勇者観があっても、よいんじゃないかのぅ？」

「うっせえ。消えろ」

ブンッ、と殴ろうとするが、ひらりと交わされてしまう。

「お休み、ビズリー」

そう言って、サクヤはその場から消え去る。

「……チッ」

祠へ帰ろうとしたそのときだ。

──殺せ。

「ガッ……！」

急に、胸の奥で、激しい痛みと熱さを感じた。

──何をほだされているのだ。あの暗殺者が憎いのだろう？

ボッ……！　とビズリーの体から、怒りのままに！　黒い炎が立ち上る。

──殺せ！　焼き殺せ！　どっか消えやがれ……！　衝動に任せよ！

「うる、せえんだよ……！」

振り払うと、黒い炎は何事もなく消え去る。

「ぜは……！　はぁ……はぁ……はぁ……はぁ……」

ビズリーはその場にへたり込む。汗まみれになっていた。

「……殺す、だって？　ふざけろ」

あの黒い炎は、確かにヒカゲを焼き殺すことは可能かも知れない。

「そんなこと、できるわけないだろ……」

ヒカゲが死ねば村は終わる。

彼が守りたかったものも、あのお節介(せっかい)な精霊も、死んでしまう。

それは元勇者としての矜持(きょうじ)が、許さない。

「……くそ」

ビズリーは天に向かって腕を伸ばす。

だが、彼が求めても、聖なる剣が跳んでこなかった。

「……おれじゃ、駄目ってことかよ」

当たり前だ。

今、真の勇者はヒカゲなのだから、彼の呼び声にしか、聖剣は応じないのだろう。

「……チクショウ。認められるかよ。くそが」

ビズリーは悪態をついて、森の奥へと消えていったのだった。

☆

一方その頃、遥(はる)か天空では、魔神たちが招集されていた。

「おい、きてやったのだー」

天空城の一室、円卓の前には十一柱の魔神が集められている。

ヒカゲに倒された羊頭悪魔神(バフォメット)を除く、十一の席。

「とっとと始めるのだ。ワタシは忙しいんだからな！」

「キキッ。そーだなぁ、おれっちらも忙しいし、とっとやろうぜぇ、なあてめえら？」

猿の魔神【孫悟空(そんごくう)】が言うと、残りの魔神たちが立ち上がる。

「なっ⁉」

十柱の魔神たちが、竜魔神に手を向ける。

そして闘気を流すと、ベルナージュの体を結界が覆う。

『おい！　これはどういうことなのだ！　ふざけるのも大概にしろ！』

「キキッ。ふざけてんのはてめーだろぉよぉ」

孫悟空は立ち上がると、ベルナージュをにらみつけて言う。

「てめ、人間と手を組んで、悪巧みしてるよーじゃねーか」

「なっ⁉　悪巧みだと⁉　そんなことしてないのだ！」

「嘘つくんじゃねえ。……おれっちら知ってるんだよ。邪血のこと」

邪血。いにしえの邪神が持っていた、進化をもたらす不思議な血。

「独り占めしよーとしてんだろ？　だから邪血を守ってる黒獣と手を組んだ。ちげーか？」

「ちがう！　邪血なんて知らない！　ワタシは純粋にヒカゲが好きになった、それだけだ！」

今度は、炎の鳥の魔神【鳳凰】が、敵意をベルナージュに向ける。

「やはりシュナイダーの言うとおり、こやつは洗脳されているようじゃな」

「せ、洗脳⁉　ふざけんな！　ワタシは正常だ‼」

「いいや竜魔神、仕方ないことだろう？　数日で人間に好意を持つようになり、その人間に戦うすべを教えた。あの人間にかけられた術で、お前は魅了でもされたと考えるほうが自然だろう。違うか？」

「ちがうんだよ！　なぜわからないのだ！」

竜魔神は別に、ヒカゲに何か特別な呪いやスキルを受けたわけではない。

父親から、自分より強いオスと結婚するように言われていた。

それはベルナージュたち、竜の間でしか通用しない理屈だ。

事情を知らぬ魔神たちからすれば、人間に操られていると思われても仕方ないことだろう。

「やはりシュナイダーの言ったとおり、こやつは監禁するのがベストじゃのう」

『シュナイダーぁあああ！　貴様かぁあああああああ！』

竜魔神は拳に闘気をまとわせ、結界を思い切り殴りつける。

バゴンッ！　と激しい音とともに、腕が砕け散った。

『なんだ……闘気が……吸われていく……』

がくん、とベルナージュがその場に膝をつく。

「おやおや、凄いですね。対象からものの数秒で、全闘気を吸い取る結界の中で、数十秒、立っていられたのですから」

シュナイダーは微笑みを保ったまま、結界に近づいて、倒れ伏す竜魔神を見下ろす。

『き、さま……こんなこと、して……なにが、目的……だ？』

「目的？　我々魔神たちの平和。それ以外に何を望みましょうか」

この男の発言は、紙よりもペラペラで空気よりも軽かった。

竜魔神は、シュナイダーの奥に眠るどす黒い邪悪な気を感じ取る。

『みんな……だまされるな……こいつが……一番の……悪……』

がくり、とベルナージュが気を失う。

「んじゃこいつどっかテキトーに封印しておくわ」

孫悟空は懐から取り出した棒で、こつんと結界を叩く。

すると結界は鳥籠へと変化し、さらに縮んで、孫悟空の懐にしまわれた。

「皆さまのご協力もあって、裏切り者も排除できました！　いやぁ、これで一安心ですねぇ」

いかに強力無比であろうと、同格の魔神十柱の力が合わさっての結界には勝てなかった。

不意打ちだったこともまた功を奏した。

……逆にいえば、そこまでしなければ、竜魔神の封印はできなかった、ということ。

「では当初の予定通り、邪血の取り扱いについての話し合いをしましょうか」

魔神たちが円卓に座る。

「つってもよ、とりま邪血の姫は手に入れねーといけねーんだろ？」

「うむ、わしらの中で取り合いになるよりは、誰かが取ってきて、その血を全員で分け合う。それが一番であろうな」

魔神たちは、魔物が進化して神格を得た存在。

彼らの根底には、現存する神々に対するコンプレックスがある。

すなわち、純粋な神として生まれなかったからこその、神への嫉妬。

ようするに、みな本当の意味での、神への進化を望んでいるのだ。

「いくら鍛えようと神にはなれなかった。……それが、血を飲んだだけでなれるんだから、お手軽だなぁ、おい」

「うむ、われらの悲願が叶うときだな」

「となりますと、問題は誰が取りに行くかですが……」

鳳凰が立ち上がり、志願する。

「最年長のわしがいこう」

「ま、あんたならだいじょーぶか」

炎の翼を広げ、力を誇示するようにして言う。

「おうともさ。わしが憐(あわ)れな人間どもに教えてやろう。本物の魔なる神の恐ろしさをなぁ」

「とかいって、負けたらはずいけどなぁ～、キキッ！」

鳳凰が、フンッと鼻を鳴らす。

「バカが。わしが人間(サル)ごときに、負けるわけがなかろうが」

そう言って、鳳凰はその体を炎で焼く。

猛火が立ち上った次の瞬間には、彼はいなくなっていた。

「では、会議は終了ということで。あとは鳳凰さんが邪血の姫を連れて帰ってくるのを、待つとしましょうか」

☆

シュナイダーは魔神たちの元を離れると、ドランクスの研究所へと足を運んだ。

「きししっ☆　おつかれさまですぅ～」

「ふぅ……ほんと、バカたちの相手はつかれましたよ」

優雅に椅子に座ると、ドランクスの煎れた紅茶を啜る。

「魔神どもはわかっているのでしょうか？　邪血を飲んで進化できるのは、たった一柱だってことを」

神への進化には、相当量の血が必要となる。

一柱を進化させるためには、邪血を秘めたるミファの血を全て飲むことが条件だ。

ようするに、複数柱いる魔神達のうち、神になれるのは一柱のみ。

「さぁ。まあ少し頭のあるヤツがいれば違うかも知れませんが、しかし彼らは邪血について無知です。どうとでもだませます」

「きししっ☆　じゃあなんで協力させるよう誘導したんですか？」

「もちろん、ひかげ君の成長のためです。一柱ずつ掛かっていったほうが、ひかげ君が食べやすいでしょう？」

魔神を全員まとめて相手にしたら、ヒカゲが死んでしまう。それはシュナイダーの望む展開ではなかった。

「なるほど……さすがシュナイダー様。すべてはあなたの手のひらの上ということですか」

「ええ、あとはもう一手。あれの準備はできてますか？」

「はーい、万全ですぅ～☆」

ドランクスが培養(ばいよう)カプセルの前に立ち、見上げる。

緑色の液体に浸かっているのは、先日ヒカゲが倒した兄、グレンだ。

「調整は終わっております。あとはスイッチ一つで動きますよぉ～」

「ご苦労様です」

シュナイダーは立ち上がると、グレンの入っている培養カプセルの前に立つ。

操作盤に触れて言う。

「では、始めましょう。次なる実験を」

シュナイダーがボタンを押すと、カプセルの中で獣(グレン)が目を覚ますのだった。

五章　暗殺者、魔神と死闘を繰り広げる

――憎め。恨め。全てを食らえ。
俺の目の前には、傷ついて倒れている、俺の恋人がいた。
『えす、てる……』
――憎め。恨め。全てを食らえ。
村が燃えていた。ミファも、サクヤも、みんな死んでいた。
――お前から大事なものを奪っていく、この世界の全てが憎かろう?
振り返ると、そこにいたのは、黒い獣だった。
俺が黒獣化(こくじゅう)したときと、同じ姿をしている。
『おまえが……やったのか?』
――くくっ。いいや、違う。よく見ろ。
黒獣を包んでいた影が晴れると、そこには俺がいた。
――黒獣は、お前(おれ)だ。
『違う……』
――いいや、違わない。お前が殺したんだ。恋人も。守るべきものも。

違うか？　勇者のお前の他におるまいて。

—お前が守らなければ、他に誰があの女達を守るのだ？

すぐ隣に、もう一人の俺がいて、耳元でささやく。

—他者に責任をなすりつけるな。

『違う！　殺したのは、俺じゃない！　化け物どものせいだ！』

—見ろ。お前が守れなかったせいで、お前の大事な者たちは死ぬんだ。

倒れ伏す無数の、大事な者たちの死体の山に、もう一人の俺が立つ。

『違う違う違う！』

『…………』

そう、だ。俺が皆を守らないと、皆が死んでしまう……。

—お前のミスが、お前自身から全てを奪う。あの女たちを殺したのは、お前自身の弱さ、お前のミス……とどのつまり、お前だ。

『……どう、すれば。どうすれば、皆を守れるんだ？』

にぃ……と笑って、もう一人の俺が言う。

—恨め。憎め。全てを食らえ。

再びヤツは黒獣になっていた……否。

俺自身が、黒い獣となっていた。

—黒獣に全てを委ねろ。さすれば、邪魔者を全て食らってやる。

……でも、そうすると、俺はどうなる？

――別にどうでもよかろう。おまえは自分を犠牲にするだけで、守りたいものを守れる力を手にするのだからな。

黒い獣は高らかに笑う。

――よく、考えろ。お前自身、何が大切か。何を守りたいのか。くはっ、くははははは！

……笑っているのは、黒獣じゃなかった。

黒い獣に体を乗っ取られ、理性も自我も失った……俺自身だった。

☆

「カハッ……！　はぁ……はぁ……夢、か……」

俺は半身を起こして、ため息をつく。

社の中で眠っていたようだった。

「……悪夢が、終わらない」

これは魔王を倒してから今日まで続いている。

どれだけ力をつけて、強くなろうと、悪いイメージが頭から消えてくれない。

「……笑え、か」

あの日の夜、温泉でビズリーは俺にアドバイスをした。

どんなときでも笑えと。それが勇者のすべきことの一つだと。

「……勝手なこと、言ってんじゃねえよ」

あいつは何もわかってない。

俺は勇者でも守り神でもない。その本質は、ただの臆病な暗殺者だ。

ヤツはかつて、俺を卑怯者だといって追放したじゃないか。

そうだよ、俺は卑怯者だ。最愛の人に支えられないと、敵と戦えない弱虫だ。

奈落の森でレベルアップしようと、竜魔神との修業で闘気を身に着けようと、大きな力を身に着けようと。

その力を扱っている俺自身が、ビズリーに追放されたあの日から、何一つ成長していない。

臆病者で卑怯者な、影使いの暗殺者。それが俺なのだから。

決して勇者じゃないんだから、笑えるはずが、ないんだよ……。

「……エステル」

俺は、無性に彼女に会いたくなった。

布団から立ち上がり、社を出て、村へと向かう。

森を抜けて村に到着すると、俺は違和感に気づいた。

「……なんだ、騒がしい」

「エステルー！」「どこなの、エステルー！」

村の女たちが、俺の恋人の名前を呼んでいる。

……悪い予感が脳裏をよぎった。

「おい！　どうした⁉　何があった⁉」

俺は近くにいた村人の肩を摑んで尋ねる。

「さ、防人様……エステルが今朝から、どこにもいないのです？」

「エステルがいない……だと……！」

彼女は黙ってどこかへ行き、みんなに心配をかけるような娘じゃない。

どくんっ！　と心臓が体に悪い跳ね方をする。

なにか、事件に巻き込まれたのか。

「ご主人さま、お気を確かに」

ヴァイパーが隣に顕現し、俺の肩をゆする。

「まだ何もわかりません。情報を集めないと」

「……そ、そうだな。すまない……まずは探知だな」

俺は影に触れて、影探知をおこなう。

この森の外れに、彼女の気配を感じた。

だが、凄まじいスピードで森の外へ走っていく。

「…………くそ！」

俺は体から闘気をみなぎらせ、地面を踏みつける。

「くそ！　俺がいながら、くそぉ！」

「ご、ご主人さま、どうなさったのです？」

「エステルが誰かにさらわれたんだ！　くそ！　俺がついていながら、くそぉ！」

俺は約束したんだ。みんなの、エステルの笑顔を守ると。

それが、なにあっさりと反故にしてるんだ。

「なにが防人だ！　なにがみんなを守るだ！　俺は！　俺はぁ！」

自分へのふがいなさに腹が立ち、怒りのままに言葉を吐き出す。

「ご主人さま！」

バシッ！　とヴァイパーが俺の頰を叩く。

「どうか冷静に。自分に怒りをぶつけても、意味がありません」

「……すまん、そのとおりだ。どうかしてたよ、俺」

怒りは強い原動力となる。だが、冷静さを奪う。

頭を切り替えるんだ、冷静な自分へと。

でなければ、彼女を永遠に失う。でも……でもエステルが……。

「どうか、このままで」

「ヴァイパー……」

彼女が俺をぎゅっと抱きしめる。

「鼓動に耳を傾けてください。ゆっくり、呼吸を繰り返して」

深く、深く、呼吸をする。

彼女の心音と、温かな温もりが、頭に上っていた血を下げてくれる。

ややあって、ヴァイパーは抱擁を解いた。

「……ありがとう」

「いえ、こういうときくらい、頼ってください」

彼女がいなければ、俺は動揺したままだったろう。

感謝してもしきれない。だが、それは後回しだ。

「……これからどうする。追いかけるべきか？」

だが、気がかりもある。一体誰がやったのか？

それに、エステルをさらう理由がわからない。

なぜ邪血の姫であるミファではないのだ……？

「こちらの注意を分散させる意図ではないでしょうか」

「……となると、ここを狙われるリスクもあるな。くそっ、厄介だ」

魔神どもの存在が明らかになった現在、村の守りを薄くするのは危険すぎる。

「ヒカゲ様」

「……ミファ」

巫女の少女が、村長のサクヤとともに、俺のもとへやってきた。

その瞳には固い意思が見て取れる。

「こちらのことは気にせず、姉さまをお救いください」

「……しかし、今魔神に攻められたら」

「賢者殿と開発した新型の結界がある。これなら破られる心配もないじゃろう」

「それと、わたくしの意識の50%も、こちらに残しておきます。用事が済んだら、すぐに転移できるように」

ヴァイパーが影呪法をつかうと、彼女の隣に、もう一人の彼女が現れる。

「今は探知で捕捉できていますが、下手人はエステル様を外へ連れ出す動きをしています」

「ヒカゲ様、お早く！」

「……でも、魔神が留守を狙って、ここへ来るかも知れないんだぞ」

「大丈夫です、絶対、そんなこと起きません。さぁ早く！」

守り神として、村を守らないといけない。

けれど、俺は最愛の人も、どちらも守りたい。

「……わかった。ありがとう」

俺は手で印を組み、影転移を発動させる。

一瞬で、探知したエステルの居場所まで跳ぶ。

だがそこにはすでに彼女の姿は見えなかった。

「二時の方角に敵影です」

「……ああ」

炎を纏っている巨大な鳥が、恐ろしいスピードで、森から離れていくのが見えた。

その脚に、エステルが捕まっている。

「……いくぞ！」

俺は影で翼を作り、あの炎の鳥めがけて、一直線に飛ぶ。

ミファたちは、送り出してはくれたけど、内心では、守り神不在の恐怖を感じていたはずだ。

それでも彼女たちは気丈に振る舞い、俺がエステルを追いかけられるようにしてくれた。

「……なにが、勇者だ」

守るべき存在たちに気を遣われ、不安にさせてしまう。

こんな俺に、勇者を名乗る資格なんてない……。

「今は目の前の敵に集中してください」

「……わかっている。すぐに、終わらせる」

速度を上げて追跡する。

……脳裏で、黒獣の下品な高笑いが聞こえた。

そこら中で倒れ伏す、死体の山。高らかに笑う黒い獣となった俺。

——お前のミスが、お前自身から全てを奪う。

黒獣の言葉が、脳裏にこびりついて、離れないのだった。

☆

暗殺者ヒカゲが追跡を開始した、一方その頃。

魔神の一柱、鳳凰は、大空を優雅に飛んでいた。

鳳凰。その外見は巨大な炎の鳥だ。

全身が炎でできている。翼も体も、羽の一枚一枚、超高熱高密度の炎だ。

帆のごとく巨大な翼を羽ばたかせるたび、熱風が起きる。

それは森を一瞬で灰燼に帰した。

『ふぅ、存外簡単な作戦であったのぅ』

チラッと鳳凰は自分の脚で捕まえている、少女を見やる。

『こやつが、シュナイダーの情報通り、【邪血の姫】か。ただの小娘ではないか』

……否。

鳳凰はシュナイダーの策略に見事はめられていた。

魔神たちは邪血を保有しているのが、森に住む少女ということしか知らない。

正しい情報を知っているのはシュナイダーだけだ。

ゆえに彼は、鳳凰に偽の情報、邪血の姫はエステルであると教えたのだ。

鳳凰はその偽情報に踊らされ、村からミファではなく、エステルを連れ出すに至った次第。

『一見するとただの人間のようだが……なるほど、強力な偽装の術が施されているのか。容易く見つからないようにと。これが邪神の力か……！』

……その様子を、別の場所で、シュナイダーたちが見守っていた。

「きしし、バカ丸出しですね、あの鳥野郎。まんまとシュナイダー様の嘘に騙されてますよ」

「では、こちらは予定通り始めましょう」

「はいよー☆　んじゃ、可愛い可愛いモルモット、グレン君☆」

ドランクスの手には、魔力でできた鎖が握られていた。

その先には、一匹の獣がつながれている。

「ご……ろす……ごろす……」

焔群グレンの姿があった。

ただし、原形をとどめていない。

全身をつぎはぎだらけにされ、人間とも獣とも思えない、異形の姿で存在している。

首輪にはドランクスの鎖がつけられており、動きを制限されていた。

「張り切って、人殺しちゃっていこー☆」

ドランクスが力を込めると、魔力の鎖がちぎれる。

「ごろ……す……」

「きししっ☆　君の役割は〜。ひかげ君不在のあの村を襲って、本来の邪血の姫であるミファちゃんをさらってくることだよぉ〜。がんばってねー」

「ごろすぅうううううう！」

グレンの首輪には、ドランクスの命令のみに従うよう、服従の魔法がかけられている。

それに従い、野獣となったグレンは、野に放たれる。

よだれをまき散らし、凄まじいスピードで……まるで、野生動物のように。

一直線に、ミファのいる村へと向かう。

「さぁお手並み拝見といきましょうか」

シュナイダーは余裕の笑みを浮かべて言う。

「魔神に連れ去られたエステル嬢と、疑似魔神化したグレンに襲われる村。果たして、両方守れるでしょうか」

「きししっ☆　シュナイダー様はどう予想しますぅ～？」

「さて、結果はまさしく、神のみぞ知るというところでしょうね」

「なら、魔神は結果が見えてるってことじゃないですかぁ～……きししっ☆」

☆

ほどなくして、俺は火の鳥に追いついた。

空中で影の触手を伸ばし、鳥野郎の捕縛を試みる。

ボッ……！　と一瞬で触手が焼かれる。

『む？　なぁんだ、貴様は？』

火の鳥は止まると、向きを変える。

「……その人を返せ」

『おお、貴様が邪血の姫の守護獣か。なんだ、ただの人間(サル)のガキじゃあないか』

今すぐにでもこいつを八つ裂きにしてやろうと思った。

けれど、しゃべるだけで、こいつの周囲には高温の熱波が生じている。

竜魔神(ベルナージュ)と戦ったときと同じ感じがした。

「……てめえも魔神だな」

『然(しか)り。わしは魔神が一柱、火鳥神【鳳凰】。貴様もほれ、名乗るがよい』

「……てめえらクソに名乗る名前はねえ」

『やれやれ、尋常(じんじょう)に名乗りもせぬとは。まるで獣じゃないか』

フィールドは空中。

しかも、ヤツの通った場所は全て灰になっているので、遮蔽物(しゃへいぶつ)はない。

ようするに、俺の力の源である影がない状況下。しかも相手は魔神。

……くそっ、条件が悪すぎる。

「……彼女を返せ」

それでも、俺は戦わないといけない。

大事な人を、取り戻すために。

『嫌だ、と言ったらどうするのじゃ？』

「……殺してでも奪う」

ずず……！　と俺の体から闘気があふれる。

地上に影がない以上、体に内包している闘気を影に変えて、戦うしかない。

『ほほう、よい闘気じゃ。では、こちらも応戦させてもらおう』

同じく、鳳凰の体から尋常ではない闘気があふれる。

『心配せずとも娘には危害が及ばぬ。死なれては困るからな』

死なれては困る……どういうことだ？

しかしエステルが戦いで傷つかないのは、俺にとって都合が良い。

だが、そもそもなぜ魔神は、ミファじゃなくてエスエルをさらった？　どうして、邪血の姫でもない彼女を、手厚く保護しようとする？

「詮索は後で」

「……わかっている。殺した後でじっくり考えるさ」

『くは……！　その意気やよし！　では、参るぞ！』

鳳凰の闘気が炎となり、周囲にある全てを焼き殺そうとする。

……だが俺は怯まない。

かならず、エステルを取り返す。

☆

ヒカゲが魔神と戦闘を開始した、一方その頃。

奈落の森の村。神樹の祠にて、ミファはヒカゲたちの無事を祈っていた。

「ヒカゲ様……姉さま……どうかご無事で……」

強大な力である邪血をその身に宿してはいても、彼女自身に戦う力はない。

自分の身を守ることはできず、いつだってあの心優しい影使いの少年に頼るしかない。

自分のせいで傷つく羽目になっているのに、何もしてあげられない。

そんな自分が、ふがいなかった。

「ミファよ」

「おばばさま」

村長のサクヤは、安心させるように、彼女を抱き寄せる。

「ヒカゲもエステルと、ちゃあんと笑顔で帰ってくるさ。だから、おぬしもまた笑顔で出迎えてあげるのじゃよ」

村長の言葉で、ミファの心は少しだけ上向きになる。

「はい、ありがとうおばばさま」

ニコッと笑って、サクヤがミファの頭をなでた……そのときだった。

「ぐっ……！」

サクヤは苦しそうに胸を押さえて、倒れ伏す。

「どうしたの、おばばさま！」

突然のことに驚くが、すぐにミファは彼女に寄り添う。

「ば、バカな……結界が破られた、だと？」

「えっ⁉」

サクヤは堅牢な結界を張ったと言った。それを破ったということは……つまり、それほど強い敵が出現したということ。

「ミファ、ここから出るでないぞ。絶対にだ！」

「おばばさま！」

サクヤは祠の外へと転移する。

まだ村に異変は生じていない。

「あ、おばばさま、どうしたのー？」

近くにいた村人が、のんきにそう言う。

「シリカ！　皆に伝えよ！　祠に避難！　今すぐに！」

「！　わ、わかった……！」

村長はいつだって泰然としている。その彼女が焦っているのだ。

よほどの緊急事態だとシリカは悟ったのだ。

「サクヤ様」

「おお、ヴァイパー殿！」

ダークエルフの美女ヴァイパーが、険しい表情で森の外をにらみつける。

「申し訳ありません。敵の侵入を許しました」

「いや、おぬしのせいじゃない。結界は竜魔神でも大丈夫なように作ったはず。それを破ったということは」

「かなりの、強敵ですね」

最大戦力のヒカゲは今外にいる。

ここにいるヴァイパーも、本来の50％の力しか出せない。

村人の中で戦闘力を持つものは、いなくはないが、しかし頼れるかは未知数。

「我々でやるしかありませんね」

「うむ……下手人はこちらに真っ直ぐ来ている。間違いなく狙いはミファじゃろう」

鳥や獣が騒いでいる。凶悪な存在に怯えてみな逃げ出したのだろう。

「サクヤ様は祠の中に非難を」

「ふっ……何を言っている、ヴァイパー殿。わしは村長じゃぞ？」

にやり、とサクヤが不敵に笑ってみせる。

「ヒカゲが来る前、村を守っていたのはわしじゃ。彼がいないのならば、わしが村を守るのが道理じゃろう？」

「……わかりました。では、二人で」

がさりっ……！　と木々が揺れると、森から何かが勢いよく飛び出す。

「ウグガァアアアアアアア‼」

それは、獣のような、人間のような、異形の化け物だった。

「この声に……それに魔力の波長。まさかグレン？　どうしてこんな姿に？」

いや、と気を取り直す。

相手がだれであろうと、敵には違いない。

「ゆくぞ！　疾ッ……！」

サクヤは片手で印を組み、呪文をとなえる。

化け物の体を、緑の結界が包み込み、相手を完璧に捕縛する。

「疾ッ……！」

今度は刃のように薄く鋭い結界が、無数に出現。

相手の体を切り刻む。

「極東の結界師、サクヤ！　老いたとはいえ、まだまだ現役よ！　ヴァイパー殿！」

「【煉獄業火球】！」

ヴァイパーの右手から魔法陣が出現。

結界周辺に、極大の炎が出現する。

そのまま爆発し、凄まじい衝撃を起こす。

「わしの結界は、相手の攻撃を防ぎ、こちらからの攻撃は通す」

「なかなかに規格外の結界ですね」

「うむ……じゃが……」

爆風が薄れると、そこにはグルルとうなり声をあげる、無傷の化け物が立っていた。

結界すらも破壊されている。

「極大魔法を受けて無傷か」

魔導を極め、ようやくたどり着ける、攻撃魔法の極致。

地形すら変えてしまうほどの強力な爆撃を受けて、なおも化け物は平然としていた。

「これは……なかなか苦労しそうじゃな」

「足止めで十分です。あとはご主人さまがなんとかします」

「そうじゃな……さて、いくぞヴァイパー殿！」

☆

俺は上空で、鳳凰と相対している。

『ぬぅん……！』

ヤツが翼を広げ、閉じる。

それが激しい突風を生み、俺たちに襲いかかった。

風は熱波となって地面も大気も焼くほどの威力だ。まともに受けたら消し炭にされる。

俺は影呪法を発動。

体の闘気を影の翼に込めて、全力で上空へと回避する。

『よい判断だ。じゃが甘い！』

鳳凰は俺の背後にいつの間にか回っていた。デカい図体の割に機敏なヤツだ。

熱風攻撃を放ってくる。俺は影転移を発動させた。

自分の足下の影へとテレポート。

「自らの闘気を影として、足下の影へと飛んだのですね。見事な発想です」

俺は自分の影に手を置いて魔力と闘気を流す。

一瞬で影が広範囲に広がると、そこから無数の影の触手が生える。

闘気で影を強化し、触手の捕縛力とスピードを強化。

あっという間に、鳳凰は無数の触手でがんじがらめにされ、影の繭ができる。

「【影喰い】」

俺は右手を伸ばし、ギュッ、と握りしめる。

呼応するように繭が小さくなる。

影の結界に閉じ込めて、中の鳳凰を食らおうとした。

『ぬぅうん！』

だが鳳凰は熱波を四方八方に発生させて、影の結界を力でぶち破る。

『ふはは！　面白い技を使うなぁ！　だが少々強度が足りないぞ！』

破られた影の結界を媒介にして、織影を発動。

影の蛞蝓を無数に作る。これは、以前極東の忍びなめくじを影喰いして手に入れた呪法だ。

無数の蛞蝓の雨が上空から降り注ぎ、鳳凰に襲いかかる。

敵は炎で焼こうとするが、しかし蛞蝓は敵の攻撃を受け付けず、体にまとわりつく。

じゅう……！　と強酸が鳳凰の体を焼く。

「なるほど、蛞蝓たち一匹一匹に影の防御幕を張り、熱を防いだのですね。あの数を、あの一瞬で。さすがです、ご主人さま」

じわじわと鳳凰の体を、蛞蝓の呪いの酸が溶かしていく。

『やるなぁ……だが、ぬぅうん！』

翼を強くはばたくと、突風で蛞蝓たちが吹き飛ばされる。

「……想定済みだ」

今度は影蛞蝓を織影で、無数のクナイへと変化させる。

かまきりの呪法で、クナイを四方八方から襲わせる。

鳳凰の起こす熱風を受けてもなお真っ直ぐに敵を追い掛ける。

飛んで逃げようとするが、クナイは敵を追尾する。

「熱波が緩みました」

俺は影転移を使って鳳凰の背後に回る。

クナイの一本一本が影だ。つまり、そこへも転移できる。

鬼神刀を手に、闘気で強化した斬撃(ざんげき)を放つ。

『ぬぅん！』

やつはあろうことか、右の翼を自ら差し出した。

翼の切断には成功。だが首を落とし損ねた。

『死ねぇい！』

口から炎を吐き出そうとする。

地上で気を窺っていたヴァイパーが、極大の氷魔法で鳳凰を凍らせる。

「【絶対零度棺】！」

俺はクナイで、氷の棺を串刺しにする。

その上で、右手に闘気を集中。右手のみを黒獣の爪に変えて、一気に振る。

巨大な黒獣の爪は氷の棺をまるごと引き裂く。

中にいた鳳凰の体は、バラバラに引き裂かれて、地上へと落ちていく。

「やった！」

「……ヴァイパー！　気を抜くな！」

にぃ……と氷の中で鳳凰が笑う。

一瞬で氷の棺を蒸発させると、超高温の炎をレーザーに変えて放ってきた。

ヴァイパーを狙った一撃。

俺は彼女の影を操って、影の盾を作る。

闘気で限界まで防御力を高めたはずだが、しかし容易くぶち抜いてきた。

盾に大穴を開けて、ヴァイパーの体ごと貫く。

「ゲホッ……！」

『獲った！』

「莫迦が」

にやりと笑うヴァイパー。

俺は鳳凰の背後に転移し、頭部めがけて鬼神刀を振る。

空間すらも引き裂く、強烈な一撃を受けて、鳳凰の頭部は消し飛んだ。

影式神は実体を持たない。ヴァイパーの体は影だから、いくら傷つこうと平気なのだ。

『なるほど、我を油断させるため、わざとやられたフリをしたのか』

「……チッ」

いつの間にか、鳳凰が復活していた。

「ご主人様、どうやらこやつは、肉体のほんの一部さえあれば完全復活できるようです」

先ほど、黒獣の爪でやつの体はバラバラにした。

そのときの肉片のひとつから、こいつは蘇ったのだ。

「……厄介すぎる」

改めて思ったが、魔神の強さは尋常ではない。

先ほどまで、この辺り一帯は深い森だった。

それが、気づけば荒野になっていた。

高温による防御。高速機動。不死に近い驚異的な再生能力。

一撃の破壊力は竜魔神に劣るものの、なるほど、難儀する相手だな。

『いや、見事。お見事じゃな。わしをここまで追い詰めた人間は、数世紀は見なかったぞ』

バサリ、と鳳凰が飛び上がる。

ちなみにエステルは、遥か上空にいる。

鳳凰の炎の球結界に包まれて無事だ。

……そう、今彼女はフリーである。その気になれば回収して逃げることが可能。

……ただし、周りに一切影がない超上空で、ヤツに機動戦で勝つことが最低条件だ。

俺の影の翼は、所詮は付け焼き刃。

神鳥のごとき機動力を持つこいつに、太刀打ちできるほど速く飛べない。

つまり、倒さないとエステルを助けられない。

『ベルナージュのヤツは強者との戦いが楽しいとか言っていたな。理解できんかったが、なるほど、おぬしとの戦いは心が躍った』

「……ああ、そうかよ」

俺は自分の地面に手を置いて、魔力の回復に努める。

俺の使える影の量は限られている。この遮蔽物のない場所での長期戦は不利だ。

打開策は、あるにはある。

だが、それにはもっとヤツを追い詰めないと。

「ご主人さま!」

「……どうした、ヴァイパー」

「村を……敵が襲っています」

「なっ⁉」

そ、そんな……くそっ！　最悪だ。

最悪のタイミングで、敵が来やがった……！

しかも改良した結界を破ってきた、ということは……ああ、くそっ！

ばきっ！　と俺は自分の頬を殴る。

だめだ、また怒りで我を忘れる気か。

「……ヴァイパー。おまえは、村の防衛に意識を集中させろ」

「し、しかし！」

『ぬはは！　充塡完了、くらえ！』

鳳凰は上空へ飛び上がり、旋回する。

遙か上から、炎の塊が、雨あられのごとく降り注ぐ。

俺は【潜影】で自分の影に潜る。

落としてきたのは闘気の塊だ。炎へと変化させて、地上に爆撃の雨を降らす。

鳳凰は、影に潜っている俺たちの居場所を捕らえきれていない。

だから無差別爆撃を行っている。

外に出ないと勝てない。

しかし外に出たところで、このままでは、勝てない。

時間を稼がないと。だが、いつまで影に潜っていられるか不明だ。

それでも……。

「ヴァイパー、行け」

「で、でも……」

「……こっちはいい。俺は最悪死んでもかまわないが、村は守れ」

「嫌です！」

「言うことを聞け！」

くそ……最悪だ。まだ逆転の一手を打つことができない。

少し、もう少し時間を稼がないといけないのに……。

「……ここまでか」

「ご、ご主人さま！　え、援軍です！」

俺はヴァイパーの目を通して、急いで村の様子を見やる。

「……なんで、おまえが……？」

☆

ヒカゲが鳳凰と死闘を繰り広げる、一方その頃。

奈落の森にて、サクヤとヴァイパーは、グレンを相手にしていた。

『おら死ね！　じねぇええええええええ！』

四足獣のように飛びかかってくるグレン。

サクヤが結界で防ぐ。

ぶつかった瞬間、グレンの体が泥となって飛び散る。

「くっ……！」

飛び散った泥は空中で形を作り、四体に分身した。

「疾（ち）ッ……！」

四体を四角い結界で捕縛（ほばく）しようとする。

だが捕まる瞬間に肉体を分離し、こちらに襲ってきた。

「厄介じゃな、この泥の異能は……！」

無限に分離し、それぞれが意思を持って襲いかかってくる。

後ろに一匹たりとも逃がせないため、サクヤの集中力は徐々に削られていく。

「はぁ……！」

ヴァイパーは魔法と影呪法を使って、結界で捕らえた分身グレンを狩っていく。

「キリが、ありませんね……！」

大技で一気に消し飛ばしたいのは山々だが、もしそれで撃ち漏（も）らしてしまえば、無駄に体力を消耗（しょうもう）するだけに終わってしまう。

援軍（ヒカゲ）の到着がなければ、このままじりじり削られて負けるのはこちら側だ。

サクヤもヴァイパーもそれは承知の上だ。

もとより勝つ気はない。防衛に徹している。

最強の賢者と、村を長い間、奈落の魔獣の脅威から救ってきた最強の結界師が、二人がかりで守るのがやっと。

それほどまでに、今のグレンは、恐るべき存在に進化していた。

『どうしたヒカゲぇぇぇぇ！　早くでて、こぃぃぃぃ！』

グレン本体の猛攻を、ヴァイパーが影の刀と魔法で捌く。

「くっ……！　こいつ……戦うたびに理性的になっている……！」

ドランクスに獣に改造されたはずのグレンだったが、弱者をいたぶる快感が、彼を獣から人へと引き戻したのだ。

『ほらほらどうしたぁ……!?　動きが鈍くなってきてるぞ雌豚どもぉ！』

グレンの異能【泥呪法】。ヒカゲ同様に、変幻自在さがその強みだ。

体を泥に変えて分身を作る。食われそうになったら体の一部をちぎって回避。

また体を大きくすることも、鉄に性質を変化させることも可能。

こちらの攻撃は当たらず、しかし向こうは多彩な攻撃手段を持って、じりじりと削ってくる。

ドランクスがグレンに施したのは、魔神に近い存在にするというもの。

つまり闘気を帯びた超生物へと、今のグレンは存在を進化させている。

ヴァイパーたちが力を合わせたとして、今のグレンは、闘気が使える魔神に等しい存在には、届かない。

「ぐ、くぅ……」

「サクヤ様！」

村長が片足をつく。結界術には精神力と呪力（魔力ともいう）を消費する。

神樹から無限に呪力を引き出しているとはいえ、いつまでも精神力が持つわけではない。

『結界がなきゃてめえなんて雑魚なんだよ、魔術師ぃ！』

グレンの右のボディブローを、ヴァイパーはまともに食らう。

「これは魔神の闘気！　ダメージが……がはっ！」

彼女の体は影でありダメージが通らないはず。

だが魔神による闘気で強化された拳は、ヴァイパーの魂に直接ダメージを与えた。

倒れ伏すヴァイパーの腹を、グレンが踏みつける。

『さっきまでの威勢の良さはどうした、女ぁ……』

「ぐっ……がぁ……！」

グレンは体を重い金属に変えて、ヴァイパーを踏みつける。

「や、めろぉ……！」

『うるせえ結界師。てめえに何ができるんだよ』

すでに精神力を消耗しきったサクヤに、攻撃のすべはない。

ヴァイパーも倒れ、今この状況、絶体絶命といえた。

『終わりだ。死ね……！』

と、そのときだった。

「てめえが死ね」

ザンッ……！　と鋭い一撃が、グレンの上半身を切り裂いた。

『くっ……！　これは神聖属性の魔力……だれだぁ……！　てめえはぁ……！』

振り返る、その先にいたのは、黄金の神に、紅玉の目を持つ青年。

「おれはビズリー。この世界を守る、勇者様だ」

☆

俺はヴァイパーの目を通して、奈落の森の様子を見ていた。

「ビズリー……おまえ……どうして……？」

異形(いぎょう)化したグレンの前に、突如現れたのは、ビズリー・カシム。

『勇者、だとぉお……!?』

『ああそうさ。化け物退治のスペシャリスト、勇者様の、お通りだぁ！』

ビズリーの持っていたのは、ただの木の枝だ。

だがそこにはビズリーの持つ、神聖属性の魔力が込められている。

神聖属性、またの名を、退魔の属性。

魔の物に染まってしまったグレンにとって、ビズリーの魔力は、触れるだけで猛毒となる。

勇者の鋭い一撃は、グレンの腕を切り飛ばす。

『うぎゃぁあああああああ！』

あれは物理攻撃ではない。魂に、直接ダメージを与える。

泥の体のグレンにとって、魂による直接攻撃が一番効く。

今、あの場において、グレンの天敵となりえるのは……ビズリーだけ。

「お前が……どうして……」

『やいてめえ、ヒカゲぇ……！　聞いてんだろ臆病者ぉ……！』

グレンはヴァイパーを見つめて言う。

勇者の彼は……笑っていた。

『てめえ何サボってんだ！　村を守るのがてめえの仕事だろう！　職務怠慢だなぁおい！』

本来なら、俺が守らなくちゃいけないのに、どうしてあいつは村を守ってくれるんだ。

『しっかたねえからよぉ、守り神様に代わって、この勇者様が特別に相手してやるぜぇ！』

ビズリーが聖なる魔力を纏わせた枝でグレンに斬りかかる。

それを跳んで躱すが、そこへクナイが突き刺さる。

『わたしもいますよ、兄上……！』

「ひなた……」

妹は風の呪法を使って高速移動し、クナイでチクチクと削っていく。

そのクナイには、ビズリーの神聖魔力が込められていた。

『兄上、こちらはビズリー殿となんとかします！　だから、こちらは気にせず戦いに集中なさってください!!』

ビズリーはひなたと連携して、グレンを追い詰める。

『ヒカゲよォ……！　みてっかよぉ！　これが……勇者の戦い方だぁ……！』

夜空に輝く星屑のように、煌めく銀の魔力が悪を切り裂く。

その剣技には美しさすら感じた。俺は、初めてまともに、ビズリーの剣を見た。いつも、闇討ちばかりしていて、見てこなかった、それを。

彼の剣はあまりに洗練されていた。

一切の無駄がなく、流麗に剣を振る。

そこには確かな努力の跡が見て取れた。

美麗な剣技に乗るのは、美しい銀の魔力。

サクヤも、そしてひなたも、それを見て笑った。

『おい精霊ババア……！　何寝てやがるんだ、仕事しろ、てめえ！』

『おうよ！　いくぞ坊主……いや、勇者殿！　支援は任せろ！』

戦う気力を取り戻し、サクヤが結界を使う。

『グレン、あなたは確かに兄ですが、しかし人を襲う化生となった。身内の恥は身内で、自分が、あなたを殺す！』

ひなたは恐れることなく敵に立ち向かっている。

『ご主人さま……これが……』
「……ああ。これが、勇者の戦い方なんだ」
ヴァイパーの目を通して、俺は初めてまともに、彼の戦いを目の当たりにする。
堂々と、剣を振る。
俺はあいつをバカだと思って見下していた。
強敵を相手に、どうして、真正面から挑むのだろうかと。
背後から隙を衝いて闇討ちすれば、勝てるではないかと。
なぜ力に対して力でぶつかり合うのだと。
……追放された今になって、俺は答えを得た。
勇者は、ただ敵を倒すだけでは駄目なのだ。
その雄々しき姿をもって、恐怖で震えるみんなを勇気づけなければならないのだ。
強大な敵を前に、いっさい怯えることなく、むしろ不敵に笑いながら。
誰よりも前に立ち、勇気を持って剣を振り、悪鬼の恐怖から一般人を守るもの。
それが、勇者。
『ヒカゲぇ……！　いつまで、待たせるんだボケがぁ……！』
ビズリーの声で現実に引き戻される。
今、地上では鳳凰による無差別爆撃がおこなわれている。
『てめえ、いつまでコソコソ隠れてやがる！　それでいいと思ってるのか⁉』

ビズリーがグレンを追い詰め、攻撃を捌きながら言う。

『てめえは、もう勇者なんだ！　自分が望もうがそうでなかろうが、関係ねえ！　このババアたちからしたら、村を守って戦う、てめえが勇者なんだよ！』

だから！　とビズリーが叫ぶ。

『いつまでも、つまんねえ顔で戦ってんじゃねえ！　認めろ！　てめえは勇者……勇気を持って悪を討つ者なんだよ！』

「…………」

……俺は、村にいるヴァイパーとのリンクを切断する。

ビズリーの言葉が、俺の中でこだましている。

勇気を持って悪を討つ者。それが勇者。

あいつは、女神に選ばれているから勇者をやってるんだと思った。

でも……違った。

思えばあいつは、どんな敵を前にしても、真正面からぶつかっていった。

その結果痛い目に遭おうとも、まずは正々堂々と名乗りを上げていた。

あれは、今にしてみれば、すごい勇気のいる行いだった。

……目立ちたがり屋のクソ野郎なんかじゃないんだ、あいつは。

「ヴァイパー……こんなときだけど、俺さ。戦いって、怖いんだ」

影の中で丸くなりながら、相棒たるヴァイパーに言う。

「昔から戦いなんてしたくなかった。暗殺者の家に生まれたこと、何度恨んだかわからない」

『………』

「……本当なら、ずっと引きこもっていたい。暗い中で、虫のように、丸くなっていたいんだ」

今この状況のように。でも……。

「でも……俺、守りたい人ができたんだ。暗殺者の俺に、力の使い方を教えてくれた……大切な人が。こんな俺を、守り神だっていって、優しくしてくれる人たちが……」

ぎゅっ、と俺は自分の体を抱いて、言う。

「その人たちを守りたい。彼女たちのために……戦いたい。俺は、守り神とか、勇者だとか、そんなの関係なく……あの子たちの、笑顔を、守りたいんだ」

だから怖くても刃を握って、俺は立ち向かっていくんだ。

「ヴァイパー。危険な賭けをする。俺に、力を貸してくれ」

『……もちろんですよ』

影の中に、ヴァイパーが出現する。

微笑んで、俺の手を握って言う。

「それは決して、死ぬための賭けではないんですよね？」

「……ああ、全員まとめてハッピーエンドを迎えるための策だ。勝つぞ」

ヴァイパーは俺を見て目を丸くする。そして、うなずいた。

「どこまでも、お供しますよ、愛しき我が主」

☆

俺は覚悟を決め、最後の作戦に出る。

ヴァイパーには先に【あっち】へ行って準備を進めてもらう。

【もう一方の準備】には、まだかかる。

「ふう……」

俺は、意図的にこの技の使用を避けていた。

それは、自分で制御できない技だからだ。

剣鬼(けんき)戦で使って見せた、完全な黒獣となる最終奥義。

本来ならば自爆の技。

しかし、大賢者の【能力封印】の能力(アビリティ)があったからこそ、自我を取り戻せた。

……裏を返せば、ヴァイパーがそばにいないタイミングで使えば、俺は制御できずに、黒獣に意識を奪われる。

「一(ひと)、二(ふた)、三(み)、四(よ)」

……今、ヴァイパーは準備のために、この場にはいない。

俺の方の準備が完了するまで、影に潜っていることはできない。

潜影は、潜っている間も魔力を消費する。

「五、六、七、八、九、十」

奈落の森ではなく、周りに遮蔽物のないここでは、魔力量は限られている。

このままでは、影に潜っていられるのはあと一分くらいが限界だろう。

「布留部、由良由良止、布留部」

だが黒獣を解放するこの技を使えば、ヤツの持つ、無尽蔵にも等しい膨大な魔力を100％使えるようになる。……代償に、自我を失う。

「黒獣よ、死の眠りから、目を覚ませ」

里の人間たちは、これを終の型と呼んだ。

使えば自我を失い、二度と戻ってこられなくなるから。

けれど……俺は……勇気をもってこれを使う。なぜなら俺は――

「【月影黒獣狂化】！」

……その瞬間、時が止まったような静寂が訪れ、俺は真っ黒な空間に立っていた。

『くひっ、くひひひひ！　莫迦者だなぁ！』

振り返るとそこには、影を纏った黒い獣がいた。

『せっかく我がじわりじわりと精神を削り、貴様を乗っ取ろうという作戦を実行中だったのに。自らこの術を使ってくれるとは！』

「……ああ、やっぱりそうか」

連日連夜見ていたあの悪夢は、俺の中の黒獣が見せていたんだ。

『好都合だ。忌々しい大賢者も側にいないようだし、晴れて我はこの体をいただいた！』

「……おまえ、そうまでして俺の肉体が欲しかったのか」

『ああ！　本来なら剣鬼戦で俺は自由を得たはずだった！　それを大賢者のせいで！』

ヴァイパーの持つ、封印術のおかげもあって、俺は元に戻ってこられた。

黒獣からすれば、せっかく肉体を得られるといったところで、おあずけを食らったんだ。

外に出る渇望は、より強くなったのだろう。

だから、あの日から俺に悪夢を見せて、精神を疲弊させた。

「……俺の心を壊し、廃人にした後、肉体を奪う気だったんだな」

『まぁな。だがもう必要ない。貴様の体は我がいただく』

じわじわと黒獣の黒い影が、俺の体を、丸呑みにする。

このまま、俺の精神は深い深い、黒獣の腹の底へと堕ちていく……はずだった。

ドゴンッ！　と俺は黒獣の腹を殴って、ぶち破る。

『うぐっ！　き、貴様ァ……！　何をする!?』

「……悪いな、お前に体を渡す気はない」

俺は黒獣の腹の外へと出る。

『ふざけるな！　貴様は終の型を使った！　これは契約だ！　先祖代々、影呪法の術者はこれを使ったら黒獣に体を明け渡す！　そういう盟約のもと力を貸しているんだぞ！』

「……ああ、それな。なしにしてくれ」

『は……？　なんだと……？』

「……だから、盟約はなしってことにしろ。でも影呪法は使わせろ」

『ふざ、ふざけるなぁあああああ！』

黒獣が怒りに任せて、俺を食い殺そうと躍りかかってくる。

だが、俺は拳を握りしめて、その顎に一撃を食らわせた。

『ふげぁあああああああ！』

ぐるん、と黒獣は白目を剝くと、仰向けに倒れる。

俺はその腹の上に乗っかる。

「……もう一度言う。盟約は破棄。だが力は貸せ」

『そんなの、あってはならぬ！　我に何の得がある！』

「……そうしたら、いつか俺の中から、完全に取り除いてやる」

『なん、だと……？』

愕然とする黒獣に、俺は言う。

「……盟約のせいで、おまえは影呪法とともに、代々受け継がれていくんだってな」

俺は親父から、親父は祖父から……連綿と受け継がれてきた。

「……けど、俺はもう影呪法がなくても戦えるすべを身に着けた」

『闘気のことか？』

「……いいや、違うさ。闘気じゃない。……勇気だよ」

『……莫迦（ばか）か、貴様。勇気で何ができる？』

「……できるんだよ。勇気があれば、なんでもな」

たとえば、完全な黒獣化を身に着けるために、今まで誰も制御不可能だった、この黒い獣を説得しにいくとかな。

『影呪法を失えば、貴様はただの、非力な暗殺者に逆戻りだぞ』

「……いいんだよ。この力がなくても大丈夫。俺は、影使いの暗殺者じゃない」

『では、なんだというのだ？』

「……俺は奈落の森にある、神樹の村の守り神。防人（さきもり）の勇者、焔群ヒカゲだ」

しばしの、沈黙があった。

『くひ、くははははははは！』

やがて、黒獣は心底楽しそうに笑った。

『頭のおかしなガキだ！　我をこの呪縛（じゅばく）から解き放つだと？　自分の使っている術が、火影（ほかげ）相伝の最高暗殺術【影呪法】だと知っての上で？』

「……ああ、そういう古くさいの、もういいかなって」

『貴様は火影が代々受け継いできたこの伝統ある術を捨てるというのだな？』

「……俺は故郷（こきょう）が嫌いだ。それより、奈落の森でみんなと楽しく暮らしたい」

『そのために、火影を捨てると？』

「……ああ、俺の居場所は、奈落の森にある、あの村だからさ」

黒獣は目を閉じて、静かに言う。

『退け』

俺は黒獣の腹からどいて、降りる。

『ヒカゲ。貴様の言葉に、嘘はないな』

「……ああ、お前を俺の中から取り除き、呪縛から解放する。その術を探してやる」

『……いいだろう』

黒い獣が、身に纏っていた影を解く。

目の前にいたのは、もう一人の俺……ではなかった。

黒く長い髪をした、美しい女性。

ただし、頭には犬のような耳と、お尻には尻尾。

「……それがお前の、本来の姿なのか」

『ああ。本来は術者と同じ姿になるのだが、盟約が破棄されたゆえに元の姿に戻れた』

理屈はわからんが、こいつからは荒々しさが消えていた。

『ヒカゲ。貴様はとんでもないことをしてくれたぞ。長い火影の歴史の中で、黒獣と和解した者など、一人たりともいないのだからな』

「……え、それじゃあ」

『少々癪だが、力を貸そう。貴様の肉体よりも、本来の肉体の方が居心地がよい』

どこか優しい声音で、黒獣が言う。

『第一、我はメスだ。男の体なんぞ嫌だ』

「……小便できないから、とか？」

『かみ殺すぞ貴様』

「……冗談だって」

いつの間にか、周囲が明るくなっていた。

さっきまでは真っ黒な空間。

しかし今は、青い空に、青い海がどこまでも広がっている。

『ヒカゲ。火影を潰す、呪いの子よ』

「……呪いの子って、酷くないか？」

『影呪法を放棄するということは、つまり火影の歴史の幕を閉じることと同義だ。初代火影が俺を捕らえ、その身に封印したことで、最強の暗殺者となったのだからな』

そんなこと、たしかじいちゃんが言っていたな。親父からも教えてもらった気がする。

……でも、良いんだ。俺の代で、火影は暗殺者の呪縛から解放される。

『いくぞ、ヒカゲよ』

「……ああ、行こうぜ黒獣」

『月影だ』

「月影？」

『我の本当の名前だ』

「……ああ、そうか。名前、あって当然か、お前」

思えば、なぜ終の型が【月影黒獣狂化】なんて名前だったのかわからなかったが、そうか。本来の名前だったのか。

『我が真名を明かしたことで、新たな契約が結ばれた。これより貴様の力となろう』

どくん！　と俺の体の中に、膨大な力が流れ込んでくる。

もう、負ける気がしない。

「……いこうぜ月影。全部を終わらせよう、みんなでハッピーエンドを迎えるために」

『なんという強欲さよ。だが、嫌いではないぞ。参ろう、我が主』

☆

一分。俺の魔力が切れて、潜影が解かれる。

俺は外に出ると、周囲は地形が完全に変形していた。

さっきまで荒野だったはずが、今やそこだけ窪地になっていた。

鳳凰が爆撃をやめる。

『ようやく姿を現したか。お前にわしを殺すことなど不可能だと！』

勝ちを確信しているからか、鳳凰は余裕の態度で話してくる。

「……そうだな。おまえの超再生能力がある限り、完全に殺せないだろう」

鳳凰は頭部からでも完全に元に戻れる。

土水呪法も同じようなことができるが、あれは魔力が切れたらお仕舞いだ。

一方でこの魔神の再生には魔力を使わない。実質、死なない。

『ふははは！　そう、ようやく理解したか！　不死の化け物を殺すことなど不可能だと！　死なないこのわしが、最強の魔神だとなぁ……！』

「……いいや、それは間違いだ」

『なにぃ～？』

俺は鳳凰を見上げて、ニッ……と、笑った。

それは、先輩勇者に教えてもらった、勇者の極意。

「……お前は殺さない。だが、勝つのは俺だ。こいよ、焼き鳥野郎」

ビキッ……！　と鳳凰の額に血管が浮かぶ。

……ヴァイパー。そっちの準備完了までどれくらいだ？

「あと五分です。ご主人さま、魔力が切れているようですが、いけますか？」

……当たり前だ。俺を誰だと思っている？

「影使いの、最強暗殺者でございます」

それはやめた。今の俺は、奈落の森の勇者だ！

『死にさらせ、クソ人間がぁあああああ！』

鳳凰がまた闘気の炎による爆撃を放ってくる。

当たれば爆発する闘気の塊(かたまり)が、豪雨となって俺に向かって降り注ぐ。

『また影に潜ってやり過ごすかぁ⁉　無駄無駄無駄ァ……！　貴様が出てくるまでまた繰り返してやるだけよぉ！』

「……いいや、必要ない」

俺は一瞬で鳳凰の背後を取る。

『なっ⁉　そんな……いつの間に……⁉　魔力はもうないはず！』

俺の力は影をエネルギー源としている。

だから影のないこの更地(さらち)では、本来の力を十全に出せない。

……いや、出せなかった。

「それももう昔のこと。今は、俺に力をくれるヤツが、俺の中にいるからな」

鳳凰が俺を見上げる。

まぶしそうに、目を細めた。

いつの間にか夜が明けて、朝になっていたのだ。

『なんだその姿はぁ⁉』

言われ、俺は自分が前とは違う外見になっていることに気づく。

俺は今まで、影で作ったマントのようなものを羽織(はお)っていた。

それが今は、漆黒(しっこく)の鎧(よろい)を身に纏(まと)っている。

「……これは、いったい？」

——我の魔力と、貴様の闘気で作った、影の鎧だ。

月影の声が俺の中から響く。

——貴様は我の力を完全に引き出した。その魔力で作った頑丈なる鎧よ。

……俺のために？

——勘違いするな。貴様に死なれては困るからだ。我を解放してくれるのだろう？

……ああ、二言はない。

『ぐ、こ、このぉおおお！』

鳳凰が俺を仰ぎ見て、炎の塊を放つ。

爆撃をもろに受けても……しかし、俺は平然としていた。

『なんだその強度はぁ⁉』

——当然だ。黒獣の力を固めて具現化した鎧だ。ちょっとやそっとでは壊れぬし、攻撃は当たった瞬間我が食らっている。さらに食らった闘気、魔力を術者に還元する。

すげえな……この鎧。防御と回復を同時に行えるとか。反則過ぎる。

「黒獣の鎧……いや、【月影の鎧】だな、こりゃ」

月影が俺のために作ってくれた鎧だからな。

——……莫迦が。名前などどうでもよいではないか。ほら、来るぞ敵が。

『死ねぇえええええええ！』

恐ろしい速さで鳳凰が俺に突進してくる。俺は両手を前に出す。

すると鎧が黒獣の腕に変形し、鳳凰を真正面から受け止めた。

『ば、バカなぁ！　わしの本気の突進を受け止めただとぉ！』

――月影の鎧は防御だけじゃない。我が影を操作し、筋肉の代わりにもなる。膂力は今までの比じゃない。

……おまえ、結局その鎧の名前、気に入ってるのな。

――黙れ。殺すぞ。

「そんな気ないくせに……っと」

俺は鳳凰を掴んだまま、地面に向かって背負い投げを放つ。

凄まじい速さで鳳凰は落下し、地面に大穴を開ける。

「……おまえ、闘気操作もできるのか」

この膂力は決して純粋な黒獣のものではない。闘気で影の筋肉が強化されている。

――無論だ。我はお前の中にいた。闘気を操るなんぞ容易い。

「……やるじゃんか」

――……ふん。

なんだ、意外と良いやつだな、黒獣って。

「な、なんかわたくしの相棒ポジションを奪われている気がします……」

ヴァイパーからの連絡があった。

「……大丈夫だ。おまえが一番の相棒豚だ」

「ぶひぃいいいいい！　ありがとうございますぅぅぅぅぅう！」

前はこいつを罵倒するのに結構つかれてたんだが、なんだか楽しくなってきたな。

——貴様、笑ってるぞ？　加虐趣味でもあるのか？

「……笑ってる？」

俺は口元をペタペタと触る。

自分ではよくわからんな。

「ヴァイパー、準備の方は？」

「上首尾でございます。まもなくかと」

「じゃあその間にっと」

俺は影の翼を生やし、遙か上空を目指す。

炎の結界に包まれたエステルがいた。

「月影、食えるか」

——当然だ。

俺は右腕を伸ばす。

手の部分が黒獣の顔となり、エステルを結界ごと飲み込んだ。

「飲み込むなよ」

——わかっておる。第一我は人間を食うのは嫌いだ。

「そうなのか？　じゃあ何が好きなんだ？」

——刺身だ。

意外だった。こういうデカい化け物の好物は人間って思ってたからな。

いや……化け物じゃないか。

——そろそろ鳥が下から昇ってくるぞ。

月影からの伝令。影探知を勝手に使ったのだろう。

「……ヴァイパー。いくぞ」

「準備は万端。いつでもどうぞ」

地上から、凄まじい勢いで、鳳凰がこちらに突っ込んでくる。

——先ほどの突進の比ではないな。受け止めたら死ぬぞ。

『くたばれぇ！　わがエクストラスキル【神鳥の一撃（ゴッド・バード）】でぇぇぇぇぇ！』

目にもとまらぬ強烈な突進攻撃か。

なるほど、以前なら避けるだけで精一杯だろう。

だが、今の俺は一人じゃない。

俺はギリギリのタイミングで、下から突っ込んでくる鳳凰を……躱（かわ）す。

「月影！」

——わかっている。

鎧が勝手に動き、俺の右手を月影が動かす。

刹那（せつな）。俺の右腕はハッキリと、鳳凰の体を捕らえた。

黒獣の顔となった右手が、鳳凰の胴体にかみつく。

俺は鳳凰の体に食らいついた状態で、さらに上空へと飛んでいく。

『あ、あり得ない！　わしの一撃を捕らえただと!?　だ、だがバカめ！　何をしようと、再生能力のあるこのわしを殺すことなど！』

――殺せぬことなど先刻承知だ。ここで貴様は殺さない。

『な、なんだと!?』

酸素がどんどん薄くなり、寒さがヤバいことになっている。けれど俺の体は影で包まれているので寒さも酸素不足も防いでいる。

「いくぞ月影！　ヴァイパー！　せええのっ！」

俺は体を回転させ、遠心力をつける。

そして、勢いよく、さらに空へと、鳳凰を投げ飛ばした。

『うぎゃぁあああああああああ！』

これだけでは終わらない。

俺が投げた先に、影で作った分身が待ち受けている。

『なんだ!?　なにをするつもりだぁ！』

分身の俺が影呪法を使い、触手で鳳凰を捕らえると、また上空へと飛ばす。

……俺はあらかじめ、複数の影分身を先行させ、空へと配備していた。

投げ飛ばした先に分身の俺がいる。

影で摑んで、さらに空へと飛ばす。

——バケツリレー的に、ああやってヤツを星の外へ追い出すのか。

鳳凰は分身によるリレー作業によって、成層圏を貫き、星の重力の外へとはじき出される。

俺は地上に降りて、あとは仕上げを待つ。

目を閉じて、ヴァイパーと意識をリンクさせた。

『だ、だが！　これでもわしは死なぬぞ！　酸素がなかろうが、わしは不死身だからなぁ！』

そう、こいつの厄介な点は、殺しても死なないこと。

超高速再生能力持ちのこいつは、どんな環境下でも死なない。

死んだ瞬間にすぐに生き返るからだ。

「では、無限に死を繰り返したら、どうなると思いますか？」

念話の魔法を使って、ヴァイパーが鳳凰に声を届かせる。

『だ、ダークエルフの女！　なぜここに⁉』

そう、宇宙空間にいるのは、鳳凰だけでない。

ヴァイパーもまたいるのだ。

「おまえがご機嫌に地上を爆撃している間、わたくしは一人こっそりとご主人さまの下を離れ、宇宙空間へと転移していたのです」

『し、しかしなぜ生きてる⁉　不死の力を持たぬ貴様が、なぜここで⁉』

「お忘れですか？　今のわたくしは肉体を持たぬ人形。どこであろうと生きていられるのです」

十全に準備を整えたヴァイパーが、鳳凰に手を向ける。

『よ、よせ！　何をする⁉』

「わたくしの転移魔法は、わたくしのみを転移させる。だからあなたを連れて【あそこ】へ転移するのは不可能。なので、こうすることにします」

『あ、あそこ……まさか⁉』

ヴァイパーが、空間が歪むほどの、強力な魔力を手に集める。

「炎や水や風がつかえずとも、こういう魔法もあるのですよ」

『やめろぉおおおお！』

「【万象斥引力（グラヴィティ・フォース）】！」

超強力な重力場が発生し、鳳凰をさらに外へとはじき出す。

一直線に鳳凰は、ある場所へと向かう。

俺はその様子を地上で、ヴァイパーの目を通じてみる。

――ヒカゲ。ある場所とはどこだ？

俺は昇る太陽を指さす。

――太陽？

「……そうだ。あいつは殺しても死なないんだろ？　なら、永遠に死に続けてもらう」

あいつに火炎に対する耐性がないのは、大賢者（ヴァイパー）の鑑定スキルで確認済みだ。

――なるほど、殺しても死なない超再生力。太陽の炎で一瞬で死に、一瞬で生き返り、また死……と永劫に繰り返すのだな。

鳳凰には重力を操る力も、転移の力もない（鑑定済み）。

飛んで逃げようにも、宇宙空間でそれができるわけがない。

「ご主人さまの、完全勝利でございます」

地上へと転移してきたヴァイパーが、笑顔で言う。

「ご苦労さん」

ヴァイパーは俺を見て目を丸めると、笑みを濃くして、俺に抱きついた。

「あなた様は、やはり笑っていた方が、可愛いですよ♡」

……どうやら、俺はまた笑っていたらしい。

——おい、我へのねぎらいを忘れてるぞ。

「ありがとな、月影」

——ふん、まあ力を貸すと約束してしまったからな。

「……とにかく、これで魔神は片付いた。戻るぞ」

俺は印を組んで、一瞬で転移する。

守るべきものがいる、あの場所へと。

六章　勇者、魔王と戦う

別の場所でヒカゲが戦う、一方その頃。

村では、ビズリーとグレンとの死闘が繰り広げられていた。

彼の猛攻撃を仲間と協力し、ビズリーは防いでいた。

ビズリー一人だけでも、またサクヤたちだけでも、ここまで持たせることはできなかった。

『くそ、がぁ……！　いい加減、倒れやがれぇえええええ！』

「ガハッ……！」

グレンの強烈な一撃が、ビズリーの腹部を貫く。

「坊主（ぼうず）！」「ビズリー殿ぉ！」

からん、と手に持った枝をビズリーが落とす。

『くっ！　手間取らせやがってぇ！』

グレンの拳は、完全にビズリーを貫いていた。

「そんな……ビズリー殿が……死んじゃ……やだぁ……」

満身創痍（まんしんそうい）のひなたは、その場にへたり込む。

「ビズリー殿……ねえ……やだ……やだよ……まだ、わたしは、あのときのお礼……言えてないのに……」

ずるり……とグレンが拳を引き抜く。

『ぎひゃひゃ！　残念だったなぁ！　頼りの勇者様は死んじまったんだよぉおん！』

腹に大きな穴が開き、ビズリーはぴくりとも動かない。

事切れてしまった勇者、へたり込むひなた。

ヴァイパーの分身も魔力が切れ、サクヤの精神力はつきかけていた。

「よもや……これまで、か」

サクヤが悔しそうに言う。

『これで戦えるヤツはもういねえ！　おい邪血の姫とやら！　さっさと出てこい！　でなきゃ、一人残らずぶっ殺してやるぞ！』

すると、祠から、ミファがこちらに歩いてきた。

「ミファ！　下がれ！　下がるのじゃ！」

「……ごめんなさい、おばばさま。みなさん」

ミファは傷ついたものたちを見て、目を伏せ、ぎゅっ……と唇をかみしめる。

だが、グレンの前へとやってくる。

「わたしが邪血の姫です。わたしだけを殺しなさい」

「駄目じゃ！　ミファぁ！」

サクヤは娘を守ろうとする。

だが、もう結界を作る力は残っていない。

「おばばさま。ありがとう。みんなに、よろしく伝えておいてください」

次に、倒れているビズリーの側にしゃがみ込む。

「ごめんなさい。せめて、傷口だけでも……」

ミファは手首をガリッとかみ、血を流す。

邪血がビズリーの肉体にぽた……ぽた……と垂れる。

しゅぅう……と湯気を立てながら、その傷口がすこしずつ埋まっていく。

だが、当然のごとく、ビズリーは動かないままだ。

『何をバカなことをやってるんだぁ？　言ってたぜぇ、邪血は進化をもたらすだけで、使者を蘇生させることは絶対不可能だってよぉ』

「でも、開いた傷口は塞がりました。せめて、綺麗な体で黄泉路へ送りたいから」

『はぁ？　意味わっかんねえ。死んじまったらそれまでだろうがよぉ！』

「……あなたも、元は人間なのでしょう？　なのに、わからないのですね」

ミファは哀れむように、グレンを見やる。

「姿形だけでなく、心までも獣になるなんて……可哀想な人」

『……ぷっちーん。おれさま、きれちまいましたー』

グレンは殺意をミファに向ける。

口調が変わっているのは、脳すらつぎはぎで作られたからだろうか。

もはや、理性的な判断ができていなかった。

『おめー死刑。おれさま怒らせた。連れてこいって言われたけど、ここで殺して食べる』

「……どうぞご自由に。ですが、お気をつけて」

『あ？』

ミファが真っ直ぐに、グレンの目を見て言う。

「わたしたちの守り神様が、あなたを必ず倒しに来ます」

彼女の目は微塵もゆらがない。

仮に自分が殺されようと、最強暗殺者の少年がここへやってきて、悪鬼であるグレンを殺す。

それを信じて疑ってないようだった。

『んだよ、その目……むかつく……むかつくんだよぉおおおおお！』

グレンは右手を土水呪法で巨大化させ、がっしりと彼女を掴んで持ち上げる。

「ミファ！　ミファ！　やめろぉおおお！」

サクヤが涙を流しながら、天に……否、彼女たちの守り神に祈る。

「ヒカゲぇ！　早く来てくれ、ヒカゲぇ！」

『ぎゃっはは！　無駄無駄！　今頃最強の魔神の炎に焼かれて死んじまってるよぉ……！』

……だが、グレンは気づかない。

先ほどまで倒れていた、ヴァイパーの分身体がいなくなっていることに。

「いいえ、グレン。あなたは自分の弟を侮っている」

『あ？』

ミファは、化け物に食われそうになっているにもかかわらず、怯えていなかった。

「ヒカゲ様は必ず来る」

『まだ言うか。かー。信頼されてるねぇ……ムカつく。死ねよ』

ガバッ……！　とグレンが大きく口を開く。

全身を泥で作られているからか、顎すらも、人間をまるごと一人飲み込めるくらいまで、変形可能だった。

ぱっ……とグレンが手を離す。

「ミファア！　死ぬなぁああああ！」

と、そのときだった。

ザンッ……！　とグレンの首が、一瞬で切り飛ばされたのだ。

「きゃっ」

ぽすん、と誰かの腕の中に、ミファが収まる。

「……すまん、遅れたな」

ミファは見上げる。

そこにいる彼を見て……心からの、安堵の表情を浮かべる。

「ヒカゲ様！」

黒髪の影使いが、ミファをお姫様抱っこしていた。

「ミファ！」

ヒカゲの背後から、金髪の美少女がかけてくる。

「姉さま！」

エステルの隣にはヴァイパーと、それと見慣れぬ黒髪の美女が立っていた。

ミファを抱きしめ、エステルが言う。

「ごめんね、怖かったでしょう……」

「いいえ、全然！　だってわたしたちには、頼れる守り神様がいるから！」

抱き合う二人に、ヒカゲは……微笑(ほほえ)んだ。

決して笑うことのない彼が、二人を安心させるように笑う。

「ひかげくん……」

その笑みに、安心感を覚える。

いつだってヒカゲは、いつもどこか辛(つら)そうだった。

しかし今はどうだろう。

強い力で弱者を守り、安心させるように笑う。

紛(まぎ)れもなく、それは勇者の姿だった。

「エステル。ミファ。サクヤ。ひなた……それに、ビズリー。ごめん……」

ヒカゲは皆を見渡し、頭を下げる。

「……俺、もう誰にも負けないから。もう二度と、みんなを不安にさせないから」

ゆらり……とグレンが立ち上がる。

『死ねごらぁあああああ！』

だが、グレンが一瞬で粉みじんになる。

その場にいる誰も、ヒカゲの攻撃が見えなかった。

全ての戦いを経て、彼は勇者として完成したのだ。

「ったく、おせえじゃねーかよ、クソが」

「！　ビズリー殿ぉお！」

ひなたが涙を流しながら、全力でビズリーに駆け寄る。

「ビズリー……おまえ、生きてたのか？」

「ああ、なんとかな。邪血の姫ちゃんに感謝しないとな」

泣きじゃくるひなたは、ビズリーの無事を心から喜ぶ。

「あんがとよ。心配かけてごめ……ぐ、う、うがぁああああ！」

「ビズリー殿⁉　どうしたの……きゃっ！」

ヒカゲはひなたを引っぱって、一瞬で距離を取る。

勇者の体からは、地獄の業火と錯覚するほど、強大な黒い炎が湧き上がる。

体から分離した炎は、空中で形を作る。

その異形なる焔は、地に伏せるビズリーを見下ろしながら高笑いする。

『ふははは！　みなぎる！　これが、我が長年探し求めた、邪血の力かぁあああああ！』

「この邪悪な魔力……この声……まさか……！」

ヴァイパーが何かに気づいたように目を剝いて叫ぶ。

『久しいなぁ、我が片腕よぉお！』

湧き上がった炎は、粉々になったグレンの体にまとわりつく。

獄炎が天を焼く。

グレンの体を焼き、その魂と異能の力を吸収。

肉体を自分の動かしやすい形へと変形させる。

そして、次その瞬間……そこにいたのは、グレンではなかった。

頭には、羊の角。

まがまがしい魔力を放つ、小柄なその姿。

『魔王……』

ヴァイパーが呆然とつぶやく。

「……なに、魔王だと？」

羊の角を持つその悪魔の神は、かつて存在した羊頭悪魔神だ。

『感謝するぞぉ、ビズリー！　そしてミファぁ……！　貴様らのおかげで、再びこの世に復活できた！　さらなる強大な力を得てな！　ふはははははは！』

魔王が笑うと、空気が鳴動する。その場にいた誰もが地にひれ伏す。

「そうか……ビズリーの中に残っていた魔王の血肉。それがミファ様の邪血で活性化され、そこから再生したのだな⁉」

『そうだヴァイパー！　ご褒美に殺してやろう！』

シュンッ……！　と魔王が一瞬で消えると、ヴァイパーのすぐ目の前に現れた。

反応できる訳がない。その速さは人を、魔族を、そして……かつての魔王すらも超えていた。

『魂まで消し飛ばしてやろう。わが獄炎で』

……そう、誰も反応できる【人】はいなかった。

魔王の手がヴァイパーに伸びた、その瞬間。

「薄汚い手で触るんじゃねえ、この羊野郎」

ドガッ……！　と、魔王の顔に、二人の拳が突き刺さる。

『ふげぁあああ！』

ボールのように吹っ飛んでいき、地面にバウンドする。

「ご主人さま！」

「ビズリー殿！」

魔王の動きに反応できたのは、勇者であるこの二名だけだった。

『く、くそ！　なぜだ⁉　ただの人間ごときが、なぜこの魔王の動きについてこられた⁉』

「わりーがよぉ……おれ【ら】ただの人間じゃあねえんだわ」

ぐるり、と腕を回すのは、金髪の青年勇者ビズリー。

「……ああ、残念ながら、とっくの昔に人間はやめている」

静かに闘志を燃やすのは、黒髪の少年勇者ヒカゲ。

「だな。おれら人間じゃなくて勇者だしよ」

光と影。二人の勇者のみが、魔王に相対する権利を持っていた。

『勇者……勇者だと⁉　今更、何をするつもりだ⁉』

「は？　決まってんだろ。勇者の仕事っつったらよ。なぁ？」

「……ああ。古今東西、どんなおとぎ話にも書いてある」

影の勇者は、月影の鎧を。

光の勇者は、白銀の鎧を。

その身に纏いて、魔の王の前に立つ。

ヒカゲは、その手に黒い鬼神刀。

ビズリーは、その手に聖なる剣。

それぞれの刃を、仇敵に向けて、言い放つ。

「「勇者で、魔王退治だよ」」

☆

俺とビズリーは、復活した魔王の前に並び立つ。

『魔王退治だと……笑止！　この我を倒すことなど、絶対に、不可能！』

魔王の体から膨大な魔力と、そして闘気があふれ出す。

どちらも尋常ならざる量だ。

魔族国で感じ取ったとき以上に、今の魔王はレベルアップしている。

「……ビズリー」

「あ？　んだよ」

「……俺は鳳凰戦でかなり消耗している。限界に近い」

黒獣たる月影の魔力が膨大だった。

しかしヴァイパーの放った極大重力魔法に、かなり魔力を持っていかれた。

闘気も体力も、鳳凰との戦いでだいぶ使った。

「んな顔すんな。仕方ねーから、先輩であるおれが、出来の悪い後輩をサポートしてやんよ」

腹の立つ笑みを浮かべて、ふんっ、と小馬鹿にしたように鼻を鳴らす。

『雑魚がぁ！　死ねぇえええええ！』

魔王は爆速で俺たちの元へ跳んでくる。狙いはビズリーか。

「雑魚はてめえだ、ボケ！」

手刀を放ってきた魔王に対して、身をよじって避けると、聖剣の腹で顔面をぶったたく。

『がぁあああああああ！』

「おー、なんかしんねーけど、前よりパワーアップしてるわ。邪血の姫ちゃんのおかげか？」

確かに、前にタイマンで戦ったときより、ビズリーはパワーもスピードも桁外れだった。

「……というか、その鎧と聖剣どうしたんだよ？」

「なんかしらねーけど、気づいたら戻ってた」

「……女神様も、お前の勇者的振る舞いに、機嫌を直してスキル返したのかも」

「ほざけ雑魚チビ」

死角から攻めてきた魔王の腕を、俺たちの刃が斬り飛ばす。

『うぎゃぁあああああ！』

ゴロゴロと転がる魔王。しゅうう……と切断面から、湯気が上がっている。

俺が斬った方の腕は再生したが、しかしビズリーの聖剣が斬った腕は再生しなかった。

「……神聖魔力と聖剣の力か。すげえな」

「だろ？　これよ、これがおれの求めてた展開よ！」

『調子乗るな人間(サル)めえええええ！』

魔王が地面に手を置いて魔力を込める。

巨大な魔法陣が出現し、そこから出てきたのは、魔王の秘蔵(ひぞ)っ子(こ)悪魔ソロモン72柱。

『どうだ！　我が配下たちは、我とともに進化を遂(と)げた！　それぞれ疑似(ぎじ)魔神グレンに匹敵するパワーだぞ！』

「こりゃ怠(だる)いわ。おめーやれ」

「……ったく、怠惰(たいだ)な勇者様だな」

俺は影呪法を発動させる。

闘気を込めた影の触手を72本出現させる。

ボッ……！　と触手が凄まじい速さで飛ぶ。

一瞬で全ての悪魔が消し飛んだ。

『バカなぁあああ!?　悪魔72柱もいたんだぞぉおお!?』

「相変わらずすげえな影呪法。的確にそれぞれの急所を射貫いてたわ」

「……そりゃどうも」

配下たちが消えて、愕然とする魔王。

「なんだ……なんなのだ……貴様らは……なぜ、こんなにも……」

「なぁ、ヒカゲよ。なんか弱くねーかこいつ？」

「……ああ、俺もびっくりしてる。俺一人だけで大丈夫だったかもしれん」

「貴様らが強すぎるだけだぁああああああ！」

叫ぶ魔王を横目に、ビズリーが言う。

「バカ言え。知らねえの？　勇者の特殊スキル。パーティメンバーの数に応じて、ステータスが乗数になってくんだぜ？」

魔力闘気体力、すべてがからっけつなのに、魔王を圧倒できているのは、こいつの力か。

パーティメンバーに応じて強くなるって……ヤバいな。

二人いれば二乗されるってことだし。

「おれの凄さを今更知ったところでおせーんだよ」

「……そうだな」

もっと早く気づいていればよかった。色々。

けど……あのとき気づくことがなかったおかげで、気づいたこともある。

『ぐぅ！　こうなったら……うぉおおおおお！』

魔王が魔力を暴走させる。

「……どうやら魔力を闘気で無理矢理増幅させるみたいだ」

「あ？　それどうなるんだよ？」

「……つまり」

ヤツの体が膨れ上がり、悪魔の巨人へと変わる。

『ふははは！　これで勝てまい！　死ねぇえええ！』

角の上に魔力をため、それを光線のようにして放つ。

「させっかよ！」

ビズリーが聖なる剣を地面に突き立てる。

その瞬間、勇者の聖なる防御結界が展開。

魔王の放つ怪光線を、ビズリーの結界が防ぐ。

余波で奈落の森の木々が吹き飛んでいき、地面がめくり上がる。

「踏ん張れよぉ、神樹のババア！」

「ああ、大丈夫じゃ。これくらい平気じゃ！」

結界によって神樹への影響はなさそうだ。

だが、困ったことが一つある。

「チッ……！　あれ、石化光線かよ！　クソ厄介だな、チクショウ！」

結界の向こう側、弾かれた光線の余波によって、草木が石化していた。

結界の外に出て攻撃したら、俺まで石化してしまう。

「おいヒカゲ！　おれが光線を受け止める。だから、トドメはてめえがやれ！」

ビズリーの発言に、俺は驚いてしまう。

「……良いのか？　おまえ、魔王を倒したがってたんじゃないか？」

あれだけ魔王を自分が倒すことにこだわっていた、あのビズリーが。

最後を、俺に譲ろうとしている。

それはパーティにいたときでは考えられないこと。

「ハッ！　勘違いすんじゃあねえ！」

ニィッ……！　と凶悪に笑って言う。

「おれが魔王を倒せられなくても、勇者ができればそれでいいんだよ！」

彼の赤い瞳が俺を、信頼するように見てくる。

「やれ、勇者ヒカゲ！　今度こそ、魔王をちゃんと倒して、世界を救え！」

俺はうなずいて、鬼神刀を持って構える。

……思えば、前回の魔王戦。

俺はきちんと、真正面から魔王を倒さなかった。

魔王は、魔神の一柱だとベルナージュがいつだか言っていた。

つまり闘気が使えたんだ。……あのとき、俺が魔王を食えたのは、奇襲で上手く不意を衝けたから……ようするに、運がよかったからだ。

闘気が使えなかったあのとき、正面から挑んでいたら、敗北したのは俺だった。

……けど、今は違う。

鬼神刀に、全魔力と、全闘気が込められていく。

ベルナージュ戦、俺が放とうとして、失敗に終わった技があった。

あのときの俺は、なぜ技が失敗したのか原因がわからなかった。

けれど、今ならわかる。

覚悟が足りなかった。全身全霊をこの一刀で、悪を必ず倒しきるという……覚悟。

暗殺者の俺にはできなかった。

守り神のときでも無理だった。

けど……勇者になった今なら、できる。

「やれぇ……！　ヒカゲぇええええ！」

俺の力全てを込めた一撃を、俺は正面に向かって放つ。

「【黒獣狂乱牙】ああああああ！」

放たれた一撃は、凄まじい威力で前方に射出される。

それはビズリーの張った結界も、石化の怪光線も、大地も、山も、空も、海も。

一直線上にある、ありとあらゆる物を食らう、最強の一撃。

『くそぉおおお！　せっかく復活したのに！　こんな、ガキに負けるなんてぇえええええ！』

黒い斬撃に呑み込まれつつある魔王。

足を地面に突き刺して、なんとか耐えようとしている。

ビズリーが不敵に笑い、聖剣を手に走る。

「ガキじゃねえ。こんなちっこくても勇者だ。おれの後輩バカにすんな」

『ぐ、そぉおああああああああ！』

ザンッ……！　とビズリーが両足を切断した。

踏ん張りがきかなくなった魔王は、俺の一撃に耐えきれなくなり、空へと吹っ飛んでいく。

やがて、激しい爆発を起こすと……後には塵一つ残らなかった。

「ふぃー……終わった終わった。って、おい」

俺はその場に崩れ落ちる。

「ったく、しまらねーなぁ、おい」

ビズリーが俺に肩を貸して、立ち上がらせる。

「おら、魔王倒した勇者様のお姿を、あいつらに見せてやれよ」

くいっ、とビズリーが顎で、背後を差す。

「あいつら……？」

すると、そこにいたのは。

「「ヒカゲ様ぁああああああ！」」

村の皆が、笑顔で、勝利を祝福していた。

割れんばかりの大歓声。それに、皆笑っている。

俺も知らず、笑っていた。

「……俺たちの勝利だな」

「あ？　倒したのはてめーだろ」

「……いや、勇者たち(おれ)だよ。サンキュー、ビズリー」

ビズリーは目をしばたたかせると、フンッ、と鼻を鳴らす。

だが、ニッと笑って、俺の頭を乱暴になでた後に、こう言った。

「あんがとな、ヒカゲ」

……かくして、俺たち勇者パーティは、ようやく魔王を倒した。

色々もめて。

色々間違って。

遠回りや勘違いを経て。

本当の本当に長い時間がかかったけど、ようやく。

勇者は(おれたち)、魔王討伐(とうばつ)の使命を、果たせたのだった。

終章

暗殺者ヒカゲが、勇者ビズリーと協力し、復活した魔王を倒した。

その様子を、シュナイダーはドランクスとともに、研究所で見ていた。

「いやぁ、見事。実に見事でしたよ、ひかげ君」

満足げにシュナイダーはうなずき、惜しみない拍手を送る。

鳳凰戦、そして魔王戦を、自分の眷属の目を通してバッチリ観戦していたのだ。

「きししっ☆　いやぁ、ほーんと規格外ですよねぇ、ひかげ君。まさか不死の魔神である鳳凰を倒せる人間がいるとは思いませんでしたよ」

「ええ、本当に。これで目障りな老害が一人消えました。ひかげ君の成長にも繋がり、実験は大成功です」

シュナイダーは懐から、小型の鳥籠を出す。

「あれ？　それってベルナージュちゃん閉じ込めてたヤツですよね？　確か孫悟空が持っていたようなぁ～……なぁんで持っているんです？」

「さぁ、どうしてでしょうね」

シュナイダーは鳥籠を、眷属である白ネズミの背中に乗せる。

「ご褒美です。ひかげ君の村に届けてください」

ネズミはうなずくと、鳥籠を乗せて、森へと向かって走っていく。

「ベルナージュちゃん返していいんですかぁ？」

「ま、目的は達しましたしね」

ふぅ、とシュナイダーは吐息をつく。

「いろいろ試してみましたが、やはり彼は追い込めば追い込むほど、強く成長することが判明しましたね」

にぃ……とシュナイダーが怪しげに笑う。

「では、次はもっともっと追い込んでみましょうか♡」

「きししっ☆　たぁのしそうですねぇ〜☆」

「ええ、めちゃくちゃ楽しいですよ」

別の眷属が、ヒカゲたちの様子を見ている。

ネズミの頭をなでながら、シュナイダーがつぶやく。

「神を殺す兵器作りは、始まったばかりです。もっと頑張ってくださいよ、ひかげ君」

☆

後日、奈落の森の外にて。

俺は知り合い数人で、【彼ら】を見送りに来ていた。

「世話になったな」

旅装に身を包んだビズリーが、革のバッグを背負っている。

ビズリーが頭を下げると、サクヤは寂しそうに笑う。

「修行の旅など、必要なのかのぅ」

「ああ、色々未熟だったしよ。とりあえず世界をぐるっと回って、一から色々鍛え直しだ」

「……もっと長くいてもよいのじゃぞ？」

「いや、いーわ。ここ女多すぎてうるせーしよ。……それに」

「それに？」

ビズリーは俺を見て、ニッと笑う。

「こいつが女に囲まれてハーレム生活を送ってるのさ、見てるとすっげー腹立つんだよ！」

「……別に、そんな生活送ってねえよ」

「ケッ！　美女美少女ばっかりの森で、たったひとり男とかよ。あーあ、羨ましいこった」

「ビズリー殿！　わたしがおりますよ！」

勇者の隣に立っているのは、俺の妹ひなただ。

笑顔で、ビズリーの腕にひっつく。

「わたしがビズリー殿のハーレム要員1号ってことで！」

「ケッ……。お子ちゃまが生意気いってんじゃねえ。もっと胸と尻でかくしてこい」

「がーん……でも、あきらめませんぞっ！」

ひなたはビズリーについていくそうだ。

病み上がりの彼を支えたいそうだ。

……ちなみに、ひなたは幼い頃に、ビズリーに救われた過去があったらしい。

ひなたもまた、俺と同様に、幼い頃修行でこっちの大陸に来たことがあったんだと。

そのときにビズリーが危ないところを助けてくれたらしい。

だから、森の中で倒れていた彼を救い、献身的に介護をしてあげたのだそうだ。

「兄上、すみません。急に来たと思ったら、急に出立してしまって」

「……気にすんな。しっかり面倒見てやってくれ。こいつ抜けてるところあるからさ」

「はい！」「うっせぇよボケ」

それと、と俺はひなたに付け加えて言う。

「……極東に立ち寄ることがあったら、親父たちに、さ。言っといてくれ。俺、もう火影に帰る気はないって」

思えば、父の病床にあることを、ひなたは知らせに来てくれたのだった。

……あのときは、少しだけ揺らいでいた。

森の守りよりも、極東の地へ行って、親父に会いに行こうかなと。

「兄上……決別するってことですか？」

「……ああ。俺は月影を、黒獣を呪縛から解き放つって約束もしちまったし。火影の里に顔出す資格もないよ……あいたっ」

　ビズリーがため息をつきながら、俺の頭を叩いた。

「……なんだよ？」

「ごちゃごちゃうるせーよ。良いじゃねえか。また行ってもよ」

「……でも」

「親父が何言おうが、てめーが決めたんだろ。ならごちゃごちゃ言われよーがいーじゃねーか」

　やれやれ、とビズリーがため息をつく。

「……いや、でも家督は継ぎません。火影の忍びは俺の代で終わります。けど今まで通り仲良くしてくれって、身勝手すぎないか？」

「いいじゃねえか。勝手だろうと。誰に怒られることでも、正解不正解のあることでもないんだしよ。男なら強欲にいけ」

　……まったく、最後の最後まで自分勝手な男だな、こいつは。

「じゃ、そろそろ行くか」

「はい！」

　ビズリーはバッグを背負いなおす。

「あ、そーだ。おいヒカゲ。これやるよ」

　腰に差してあった聖剣を鞘ごと抜いて、ビズリーが俺に手渡す。

「……これ、聖剣だろ？　お前のじゃないか」

「いーんだよ。これは、勇者（おまえ）が持っているのが一番だ。おれは……一度間違っちまったからよ」

ビズリーは、俺の隣にいるエステルを見て、ガバッと頭を下げた。

「前は、悪かった！　友達（ダチ）の大事な恋人である、あんたを傷つけちまってよ！」

友達って。なんだよ、友達って……。

今更……遅えんだよ。

「ううん、気にしないでビズリーさん。もうすっかり平気だし、傷もありませんので」

ビズリーから受け取った剣を俺は見つめる。

ギンギラギンに輝くそれは、まさに、勇者（ビズリー）の剣だ。

「……ビズリー。これ、預かっとくよ」

「あん？　やるっつっただろ。それは勇者の剣だぜ？」

「……ああ。だから、おまえが旅を終えて、勇者として戻ってきたときに返す。それまで預かっとく。それじゃ駄目か？」

ビズリー。嫌なヤツだ。けど、紛（まぎ）れもなく彼は勇者だった。

一度過ちを犯したけれど、大丈夫、彼はきっともっと大きくなって帰ってくる。

真の勇者に、この剣を持つにふさわしい男に、なっている。

「……ったく、調子狂うわ」

ガシガシと自分の頭をかいて、ビズリーがため息をつく。

「わかった。そんじゃ、ヒカゲに預けとくわ。また帰ってくるそのときまで、絶対なくしたり折ったりすんじゃねえぞ」

「……ああ、大事にするよ」

ビズリーが拳を突き出してくる。

俺は、聖剣を持った手を前に出して、拳を付き合わせる。

「またな、勇者ヒカゲ」

「……ああ、またな、ビズリー」

ひなたたちは手を振ると、草原の向こうへと歩いて、消えていった。

「勇者ヒカゲ……か」

最初、俺はそれを受け入れられなかった。でも……。

「今なら、受け入れられるよね」

エステルがニコニコ笑って、俺に言う。

「……ああ、そうだな」

彼女は俺を見て、より一層温かな笑顔を向けてくる。

「ひかげくん、よく笑うようになったね？」

「そうか？」

「そうだよ！　うんうん、お姉ちゃんはうれしいです。やっぱり君は笑顔でいるのが一番似合ってるよ」

……前は、笑う余裕なんてこれっぽっちもなかった。

けれど色々あって、俺は自然と笑えるようになった。

守り神になっただけじゃ、きっと足りなかった。

こうして勇者になって、ようやく、俺は人並みに笑えるようになったと思う。

「帰ろうか、勇者ひかげくん♡」

「……それ、やめてくれ、恥ずかしい」

「やーよ♡　うふふっ」

エステルが俺を背後から抱きついて、最高の笑顔で言う。

「これからも、皆を守ってね♡　奈落の森の、可愛い勇者様♡」

「……ああ！　もちろん！」

俺はこれからも、みんなと歩いていく。

皆を守る。ただし、皆の身の安全だけを守る時代はもう終わった。

全てを守るんだ。この子たちも、その笑顔も含めて……全部。

暗殺者から勇者になった俺は、そう強く決意しながら、皆の元へと戻っていく。

……あれだけ俺を苦しめていた悪夢は、もう二度と、見ることはなくなったのだった。

あとがき～ Preface ～

こんにちは、茨木野(いばらきの)です。

皆様のおかげで、『影使いの最強暗殺者』２巻を出すことができました！　ありがとうございます！

この巻はネット版と大きく違った展開を見せています。主にビズリーの処遇ですね。

当初ではゾンビになって永遠にさまよい続けるという、明らかなバッドエンドでした。

ですが鈴穂(すずほ)様と、そして応援漫画を描いてくださったナガキペソペソ様の絵を見て、ビズリーに愛着がわいた結果、内容を大幅に変更しました。

手直しは大変でしたが、その分、ビズリーには良いラストを与えられたと思っています。サンキューおふたりとも。

ページも少ないので謝辞(しゃじ)に入ります。

イラスト担当の鈴穂様、今回も素晴らしい絵をありがとうございました！　編集のＧ藤様、タイトなスケジュールの中、本を作ってくださりありがとう！

そして最後に、２巻も手に取ってくださった読者の皆様に、最大級の感謝を！

２０２１年４月某日　茨木野